Martin Hirsch a été président d'Emmaüs France puis haut commissaire aux Solidarités actives contre la pauvreté et à la jeunesse. Il est à l'origine du revenu de solidarité active et du service civique. Il est l'auteur de plusieurs essais, dont *Sécu. Objectif monde : le défi universel de la protection sociale* (2011) et *La Lettre perdue* (2012).

À Jean-Marc Roberts,
À sa patience impatiente,
À sa traque de l'incontinence émotionnelle,
À son dernier joyeux « Chic ! Youpi ! »

« Pourquoi y a-t-il des gens riches et d'autres pauvres ?
Eh bien, l'argent va où il a envie d'aller. »

William T. Vollmann,
Pourquoi êtes-vous pauvres ?,
Actes Sud, 2008

« La loi politique est subordonnée par les ploutocrates à la loi économique. Ils trouvent excellente la loi politique ainsi faite, n'y veulent apporter et ne souffrent qu'on y apporte aucune modification, et ils appellent cela *conserver*. »

Pierre Leroux, *De la ploutocratie ou Du gouvernement des riches*, 1848

« Toute politique, qui ne tire pas pleinement parti des possibilités, si réduites soient-elles, qui sont offertes à l'action, et que la science peut aider à découvrir, peut être considérée comme coupable de non-assistance à personne en danger. »

Pierre Bourdieu, *La Misère du monde*,
Seuil, 1993

Introduction

« *À celui qui a, il sera beaucoup donné et il vivra dans l'abondance, mais à celui qui n'a rien, il sera tout pris, même ce qu'il possédait* » est-il écrit dans l'Évangile selon saint Matthieu. Et si cette belle prophétie, d'un apôtre percepteur des impôts de son état, connue sous le nom d'« effet Matthieu », était la manière la plus fidèle de caractériser les pauvres à l'époque moderne ?

Être pauvre, c'est avoir moins d'argent que les autres. C'est d'une affligeante banalité que de le rappeler.

Mais ce que l'on sait moins, c'est qu'être pauvre, c'est aussi payer plus cher que les autres pour se loger, s'assurer, se soigner, téléphoner. Le mètre carré de loyer coûte plus cher. Le contrat d'assurance est moins favorable. Les dépenses restant à sortir de sa poche quand la Sécurité sociale a remboursé sa part sont plus élevées. La minute téléphonée est plus onéreuse.

Quand on est riche, on recourt au crédit pour s'enrichir. Cela s'appelle investir. Et les banques vous déroulent le tapis rouge pour avoir le plaisir de vous prêter de l'argent. Quand on est pauvre, on s'endette pour s'appauvrir. Cela s'appelle le crédit à la consommation avec un taux d'intérêt bien plus élevé. Même si, statistiquement, les pauvres ne sont pas plus mauvais payeurs que les autres.

On a tous appris le principe de progressivité de l'impôt. On connaît la Déclaration des droits de l'homme et du citoyen qui, belle conquête de la Révolution, prescrit en son article 13 que « pour l'entretien de la force publique, et pour les dépenses d'administration, une contribution commune est indispensable : elle doit être également répartie entre tous les citoyens, en raison de leurs facultés. » On sait moins qu'au pays des droits de l'homme, quand on est pauvre, on paye, proportionnellement à ses revenus, plus d'impôts que quand on est riche.

Nous n'ignorons pas qu'il nous faut réduire les déficits publics pour ne pas avoir une dette insupportable et manquer à nos engagements à l'égard de l'Union européenne, engagements auxquels nous avons volontairement souscrit. Nous méconnaissons probablement qu'actuellement une grande partie de l'effort repose sur le dos des salariés les plus modestes, car on laisse diminuer comme peau de chagrin les sommes prévues pour le soutien de leurs revenus, afin d'en distraire une partie pour d'autres usages. À hauteur de plusieurs milliards.

Le pouvoir d'achat est une préoccupation partagée par l'ensemble des Français. Elle l'est davantage pour certains que pour d'autres, du fait d'une inflation subie par les plus modestes plus importante que l'inflation calculée pour l'ensemble de la population. Pour les plus pauvres, les prix augmentent plus vite.

Voilà, à grands coups de serpe, ce qui caractérise la double peine de la pauvreté. Ce n'est ni nouveau ni propre à la France. Il y a un demi-siècle, un sociologue américain a consacré un livre à ce phénomène[1]. Il y a vingt ans, un chercheur indien a montré combien cette situation était répandue dans les pays les moins développés et les pays émergents.

Ce qui est stupéfiant, c'est que ce phénomène soit si marqué en France. Un pays où la lutte contre les inégalités est régulièrement hissée au rang des priorités politiques. Un pays où la protection sociale est particulièrement développée. Un pays où les dépenses sociales sont parmi les plus élevées au monde, en proportion de la richesse nationale. Un pays qui détient probablement le record du nombre d'aides, de prestations et de tarifs sociaux. Un pays où les pauvres sont régulièrement – passez l'expression – « taxés » d'être des assistés, quand ils ne sont pas purement et simplement considérés comme des privilégiés.

Triste privilège, pourtant, d'avoir vu la part de son budget consacrée aux dépenses contraintes passer en vingt ans d'un quart de son revenu à la moitié de celui-ci quand cette part restait quasiment constante dans le revenu du reste de la population et notamment des 20 % disposant des revenus les plus élevés.

1. David Caplovitz, *The Poor Pay More : Consumer Practices of Low-Income Families*, Macmilan, New York, 1963.

Bienvenue dans le royaume de la double peine, que nous allons explorer ensemble, en tentant d'éclairer les facettes les plus méconnues de la pauvreté, d'en décortiquer les mécanismes les plus intimes, de bousculer les préjugés les mieux établis, de décrypter les effets les plus pervers de certaines mesures correctrices.

Si nous vous invitons à cette découverte, ce n'est pas pour vous apitoyer, en vous faisant pleurer sur le sort des misérables. Dans ce voyage au cœur de la pauvreté, nous ferons appel moins à vos sentiments qu'à votre raison. Car le royaume de la double peine est aussi le royaume de l'absurde. On pourrait même dire l'empire ! Car, outre l'inconfort moral que peut provoquer l'analyse de cette situation, elle démontre surtout que la lutte contre la pauvreté n'est pas prête d'être gagnée si on ne change pas radicalement notre manière d'agir.

Ce que nous souhaitons faire ici c'est convaincre que des pistes nouvelles peuvent et doivent être empruntées dans le combat contre la pauvreté. Qu'il ne s'agit pas de consacrer des milliards supplémentaires, mais de cesser une folle course-poursuite où l'accumulation des dépenses sociales ne se traduit pas par une amélioration du sort des plus modestes.

Ces pistes commencent à être défrichées.

Des rapports et des études proposent des réformes : dans le domaine de la santé, pour que les plus modestes ne supportent pas des sommes astronomiques, malgré une prise en charge, en moyenne, apparemment suffisante ; pour la tarification de l'énergie, quand les augmentations programmées du prix de l'électricité et du gaz, si rien ne change, peuvent faire exploser le budget de nombreux ménages, basculant dans la précarité énergétique, ou la précarité tout court. Ces pistes méritent d'être connues.

Des initiatives originales et méconnues associent des entreprises à des associations, et parfois aux pouvoirs publics, dans des modèles économiques nouveaux pour réduire le coût de l'alimentation infantile, le prix des lunettes, la facture de la réparation d'une voiture, le coût du logement. Elles peuvent prendre davantage d'ampleur et susciter d'autres vocations.

Et puis il y a le revenu de solidarité active. L'année de sa création, il a fait franchir le seuil de pauvreté à 140 000 personnes, en complétant des petits salaires. Depuis, sa dynamique est enrayée, parce que la réforme amorcée a été laissée, inachevée, au milieu du gué. Il est même question de le remettre en cause. Il est au cœur d'un enjeu crucial : la rémunération du travail des salariés les plus modestes. Ne peut-on pas le réparer plutôt que s'en séparer ?

I

Au royaume des paradoxes

En 2012, les salaires ont augmenté de 2,1 %. Pourtant l'année 2012 n'est pas une période de croissance, mais une année bien morose sur le plan économique. Il ne s'agit pas d'une augmentation isolée, ni d'un phénomène de rattrapage. Régulièrement, les salaires augmentent en France. Ils augmentent plus vite que l'inflation, et plus vite que dans d'autres pays européens. Cependant, la même année, le pouvoir d'achat a baissé. Il s'agit là d'une première. Il est rare que le pouvoir d'achat, tel que mesuré par l'INSEE, diminue. On reviendra plus loin sur les imperfections de la mesure du pouvoir d'achat, quand il s'agit de suivre les conditions de vie des plus modestes et sur ce décalage entre la perception de la réalité et la sèche mesure statistique. Mais, à ce stade, arrêtons-nous à ce premier paradoxe : il est désormais possible que les salaires augmentent sans que le pouvoir d'achat ne s'améliore. Cela remet en cause une idée reçue qui fonde de nombreuses revendications. Se battre pour les salaires, ce n'est pas forcément se battre pour des ressources plus élevées, ni même pour moins de pauvreté !

Deuxième paradoxe. Le SMIC a nettement augmenté au début des années 2000. C'est la période d'augmentation la plus forte depuis le début des années 1980 et l'élection de François Mitterrand. Si l'augmentation du SMIC de 1981 avait eu un effet notable sur le nombre de pauvres, les augmentations du début des années 2000, pourtant d'une ampleur comparable, n'ont plus d'effet sur la pauvreté. Pendant la même période, celle-ci a augmenté. Plus étonnant : au même moment, le nombre de travailleurs pauvres a crû. S'il y a eu une magie du SMIC, elle n'opère donc plus. Là encore, une revendication traditionnelle de revalorisation du SMIC, par des « coups de pouce », semble déconnectée de tout résultat positif sur la condition des plus modestes. On peut se battre pour l'augmentation du salaire minimum et maintenir ou augmenter le nombre de travailleurs pauvres !

Troisième paradoxe : les dépenses sociales en France sont particulièrement élevées et ont continué de croître ces dernières années : elles représentent un tiers de la richesse nationale. Comme le montre un rapport récent[1], il s'agit d'un des records, sinon DU record, de l'OCDE, c'est-à-dire des pays les plus riches. Mais pour autant, la pauvreté est élevée, son niveau a cessé de décroître depuis une quinzaine d'années et s'est même mis à remonter depuis la crise de 2008.

Trois leviers traditionnels – l'augmentation du

1. Étude économique de l'OCDE consacrée à la France, mars 2013.

SMIC, l'augmentation des salaires, l'augmentation des dépenses sociales – n'ont plus d'effets significatifs sur la pauvreté, comme des râteaux sans dents.

Nos réponses sont coûteuses et d'une efficacité trop faible. Coûteuses d'abord pour les personnes concernées, celles qui se débattent avec la pauvreté. Coûteuses ensuite pour nos dépenses publiques. Coûteuses également pour nos acteurs économiques, à commencer par les entreprises qui payent aussi leur part et par les salariés. Coûteuses enfin sur le plan politique, car cette impuissance à réduire la pauvreté et la précarité, tout en y consacrant des sommes plus élevées nourrit les rancœurs qui alimentent le populisme. Si les partis se prétendant les plus respectables ne sont pas capables de mettre fin aux situations les plus absurdes, pourquoi ne pas confier son sort à ceux qui font commerce de l'absurde ?

Si les leviers traditionnels ne fonctionnent pas ou plus, il ne faut pas en déduire qu'aucune action n'est efficace et que la société doit subir la pauvreté en courbant l'échine en attendant d'hypothétiques jours meilleurs, ou en détournant pudiquement les yeux, ni qu'il faut remettre en cause, par des coupes brutales, les systèmes sociaux.

II

Visite du gouffre de la double peine

Quand vous êtes en charge de la pauvreté au sein d'un gouvernement, vous recevez des dizaines de lettres chaque jour. Certaines livrent des explications-fleuve, se perdent dans les méandres de récits dramatiques ou dans des théories fumeuses. Mais, souvent, ces lettres sont courtes et incisives. Parfois, elles se résument à deux colonnes, séparées par un trait maladroit au stylo-bille : D'un côté, les recettes : le minimum vieillesse, un petit salaire, une aide au logement, une autre allocation et un total souvent inférieur à 1 000 euros, ou un peu plus pour un couple. De l'autre, les dépenses : loyer, charges, montant de l'assurance, facture téléphonique et un autre total, très voisin du premier. Et en guise d'apostrophe : « Monsieur, avec ça, comment voulez-vous que je m'en sorte ? »

J'ai souvent lu ces courtes missives, poignantes dans leur dénuement. Elles illustraient mieux qu'un rapport officiel le concept de « reste à vivre ». Ce qui demeure quand on a payé les factures indispensables ou quand les prélèvements automatiques ont été effectués au début du mois. Parfois 100 euros, rarement plus de 300 euros, soit entre 3 et 10 euros par jour, pour accomplir des choses aussi futiles que se nourrir, se vêtir, se transporter, se soigner et éventuellement se distraire.

Ce concept est bien plus riche d'enseignement, si l'on peut dire, que la définition statistique de la pauvreté. Il montre le degré de contraintes qui pèsent sur la vie des plus modestes, ce que signifie concrètement le « pouvoir d'achat ».

Or, ce degré de contraintes a considérablement augmenté : la part des dépenses « pré-engagées », celles qui sont prélevées au début du mois – le loyer, les charges, le chauffage, la facture de téléphone, la note de cantine, la redevance, le contrat d'assurance, les remboursements d'emprunts –, a fait un bond.

Ces dépenses s'élevaient à 13,4 % des revenus en 1959… elles ont doublé pour en représenter 29 % en 2006. Ce sont principalement les dépenses de logement qui expliquent cette formidable augmentation[1].

Une partie de ces dépenses « pré-engagées » est considérée comme des dépenses « contraintes », c'est-à-dire strictement indispensables. On peut se passer de télévision, pas d'électricité. Celles-ci ont également augmenté mais dans des proportions moindres entre 1979 et 2005, sur vingt-six ans.

1. Rapport de la commission « Mesure du pouvoir d'achat des ménages », présidée par Alain Quinet, 2008.

Pour l'ensemble des ménages, cette part passe de 21 % à 38 % ; mais la situation n'est pas la même pour tout le monde : ce sont les plus modestes pour lesquels l'évolution est la plus contraignante : la part des dépenses obligatoires double, passant du quart à la moitié du revenu, alors qu'elle est quasi stable chez les ménages disposant des revenus les plus élevés.

Pour comprendre ce phénomène, il faut revenir aux courriers et se pencher sur la seconde colonne, celle des « dépenses ». En la considérant attentivement, on ne peut que s'étonner du montant de la facture d'énergie, du coût de l'assurance, du loyer même, qui paraissent étonnamment élevés. Comme si ces ménages payaient plus cher.

Ce n'est pas une hallucination : c'est l'illustration de ce que nous nommons la « double peine », ce phénomène étrange qui renchérit le coût des dépenses des plus pauvres par rapport à ce que paye la majorité de la population.

Cette question est bien connue pour les pays pauvres. Elle a été décrite, documentée, popularisée pourrait-on même dire, depuis longtemps[1]. Elle est assez naturelle. Le modèle d'organisation sociale de ces pays repose souvent sur la domination des plus vulnérables et on comprend aisément comment il peut s'accommoder, voire rechercher des relations économiques qui pressurent les pauvres.

1. Voir par exemple : C. K. Prahalad, *The Fortune at the Bottom of the Pyramid. Eradicating Poverty Through Profits*, Upper Saddle River, Prentice Hall, 2004.

Ainsi, l'usure, terme bancaire tellement imagé, est fréquente dans les pays pauvres comme elle était un cauchemar de la France médiévale jusqu'à celle du XIXe siècle avant que des législations protectrices viennent – en partie – la contenir.

Elle est plus étonnante dans des pays riches, qui ont une tradition sociale forte et une vision extensive de la solidarité.

Le problème n'est pas nouveau. Il y a un demi-siècle, le chercheur américain David Caplovitz publiait un livre qui faisait sensation : *The Poor Pay More*[1], « les pauvres payent plus cher », où il décrivait le concept de « *poverty penalty* », la « peine de pauvreté » aux États-Unis. D'autres publications ont suivi fondées sur des enquêtes sur les prix dans les magasins où les personnes aux revenus les plus faibles faisaient leurs courses[2].

Récemment, en 2009, au milieu de la crise des subprimes, le *Washington Post* publiait une grande enquête intitulée « Le coût élevé de la pauvreté : pourquoi les pauvres payent plus cher[3] », qui commence par une formule-choc « *You have to be rich to be poor* », que l'on peut traduire par « Il faut avoir les moyens d'être pauvre ». Cet ensemble d'articles contient une parfaite explication de la

1. David Caplovitz, *The Poor Pay More*, *op. cit.*

2. Charles S. Goodman, « Do the Poor Pay More ? », *Journal of Marketing* (American Marketing Association), 32 (1), janvier 1968, p. 18-24.

3. DeNeen L. Brown, « The High Cost of Poverty : Why the Poor Pay More », *Washington Post*, 18 mai 2009.

double peine pour tous ceux qui ne peuvent comprendre « parce qu'ils n'ont jamais frôlé le seuil de pauvreté ».

Les pauvres n'ont pas de voiture pour se rendre dans les supermarchés qui pratiquent les meilleurs prix : « Vous n'avez pas trois heures pour prendre le bus, alors vous achetez le lait à la boutique d'à-côté où il coûte un dollar de plus », lit-on. L'enquêteur explique : « Non seulement les prix sont plus élevés dans les petites boutiques de quartier, mais les supermarchés des quartiers pauvres pratiquent aussi des prix plus élevés que les autres. »

Mais il n'y a pas que l'alimentation, il y a les frais bancaires, avec les commissions pour les petites sommes et les petites opérations. Des guichets proposent des crédits par petite somme, correspondant à la paye d'une semaine. Les frais pour emprunter 300 dollars sont de 46,50 dollars…

Qui sait qu'une assurance automobile peut être plus onéreuse quand on est pauvre ? Aux États-Unis, au Canada, comme en France, des journalistes se sont livrés à une expérience : ils ont fait une demande d'assurance pour un véhicule avec leurs vrais revenus, puis une autre en indiquant des revenus plus faibles, pour la même voiture, le même âge, les mêmes caractéristiques. Le devis est revenu plus cher pour le dossier indiquant le revenu le plus faible. Les compagnies d'assurances ont été bien en peine d'avancer une explication : « Les pauvres ont plus d'accidents », ce qui n'est pas le cas, « Ils ont plus souvent des impayés », « Ils garent leurs voitures dans des quartiers moins sûrs ». Le magazine *Auto Plus* a fait l'expérience entre un chômeur et un salarié. Résultat dix-sept compagnies d'assurances sur vingt-sept ont imposé un tarif plus élevé aux sans-emploi, l'écart pouvant aller jusqu'à 33 % de surcoût, soit 180 euros. L'un des motifs évoqués était qu'un chômeur se déplace davantage… pour les entretiens d'embauche et parce qu'il dispose de plus de temps libre[1] !

La double peine est-elle un phénomène marginal en France ?

S'il est connu des spécialistes depuis des années, en France, il n'avait jamais été mesuré précisément jusqu'à très récemment. Nous nous sommes livrés à l'exercice avec une équipe du Boston Consulting Group, l'un des cabinets de stratégie et de conseil les plus réputés au monde, pour son sérieux, son professionnalisme et sa fiabilité.

Le but était de quantifier ce phénomène. Que représente-t-il dans le budget des ménages ? Quelle part des revenus est absorbée par la double peine ? Quelle somme globale représente le coût de la double peine ?

Le résultat est édifiant : elle représente 6 à 8 % des revenus des ménages les plus pauvres. Son montant s'élève à 2 milliards d'euros par an.

En d'autres termes, si, toutes choses égales par ailleurs, les plus modestes payaient le même tarif

1. *Auto Plus*, octobre 2012.

pour leurs besoins essentiels que le reste de la population, ils économiseraient 6 à 8 % de leurs revenus, sans autre changement. Et l'ensemble de la population pauvre ferait une économie de 2 milliards d'euros. 2 milliards d'euros à comparer avec le budget de l'aide alimentaire européenne qui fait l'objet de tant de débats (400 millions) et les ressources apportées par une taxe au moment de la création du RSA (1,5 milliard d'euros).

Quels sont les différents postes de double peine ? Les assurances (habitation et automobile), la téléphonie, les crédits, la santé, le logement, qu'il s'agisse des loyers ou des charges... La double peine est particulièrement marquée pour la santé et le crédit, où elle peut représenter un surcoût de 20 %. Dans un cas parce que l'absence de couverture complémentaire laisse un « reste à payer » plus important, dans l'autre parce que les produits de crédit accessibles aux plus modestes supportent des taux d'intérêt nettement plus élevés.

Pour illustrer l'effet de la double peine, on peut comparer le budget type de deux ménages, ayant chacun un enfant, le premier avec un revenu mensuel de 3 300 euros, le second, proche du seuil de pauvreté avec des ressources de 1 540 euros par mois. Les deux ménages sont locataires d'un appartement de banlieue chauffé au gaz (l'un de 90 m², l'autre de 70 m²) et possèdent une voiture.

Le petit tableau ci-dessous résume leurs différences[1] :

	Ménage médian	**Ménage pauvre**	
	Coût unitaire/an	*Coût unitaire/an*	*Double peine*
Loyer	45 euros/m²	52 euros/m²	+ 543 euros
Gaz	84,90 euros/MWh	89,60 euros/MWh	+ 32 euros
Assurance habitation	80 euros/pièce	96 euros/pièce	+ 38 euros
Prêt conso[2]	1 041 euros	1 374 euros	+ 165 euros
Tél. mobile	15 euros/heure	19 euros/heure	+ 150 euros
Santé[3]	389 euros	486 euros	+ 97 euros
Total			**1 025 euros**

Comment expliquer de telles distorsions de prix ? On peut identifier trois causes principales.

La première est liée aux quantités achetées et à l'existence de coûts fixes. Lorsque le prix d'un produit comporte des frais fixes – comme par exemple des frais de dossier pour un emprunt, le coût d'abonnement pour l'électricité, le conditionnement pour une lessive –, ces frais sont proportionnellement d'autant plus importants que les quantités achetées

1. Frédéric Dalsace, Charles-Édouard Vincent, Jacques Berger, François Dalens, « Les pénalités de pauvreté en France : comment le marché aggrave la situation des populations pauvres », *Facts reports*, 2012.

2. Prêt calculé pour l'achat des mêmes biens par les deux ménages.

3. Montant calculé pour les mêmes soins.

sont faibles. Les pauvres en ont donc moins pour leur argent que les ménages dont les achats sont moins rationnés.

Ainsi en va-t-il pour le crédit. Un dossier pour un prêt coûte des frais fixes (il faut du temps pour constituer un dossier) et ce coût (équivalant au temps passé par le gestionnaire du dossier) est le même pour un prêt de 1 000 euros ou pour un prêt de 10 000 euros. Admettons que ce coût soit de 50 euros. Il ne représentera que 0,5 % des 10 000 euros, ajoutant ainsi 0,5 % aux autres composantes du taux d'intérêt. Pour le prêt de 1 000 euros, les mêmes 50 euros représenteront cette fois 5 % ce qui peut être supérieur au taux de base.

On retrouve ce surcoût dans tous les secteurs où il y a des frais fixes. Quand le coût de l'abonnement pour l'électricité et le gaz est un prix uniforme, sa répercussion sur chaque kilowatt sera plus élevée pour ceux qui, parce qu'ils ont un appartement plus petit ou moins d'équipement, consomment moins. Au final, le coût au kWh consommé est supérieur pour les petits consommateurs.

De plus, multiplier les achats modiques multiplie ces coûts fixes. Faute de pouvoir acheter beaucoup d'un coup, comme les ménages aisés, les plus modestes paient plusieurs fois des coûts fixes. Ils ne peuvent en effet pas acheter des volumes suffisants pour bénéficier d'un tarif avantageux.

Une deuxième cause, ou un deuxième ensemble de causes, est à rechercher du côté de la production, la distribution et la tarification, de façon intentionnelle ou non.

Le processus de production ou de distribution a pu être conçu, par ignorance des conditions de vie des plus modestes, ou par la facilité qui consiste à s'intéresser au plus grand nombre, pour une clientèle « moyenne » et sans se soucier des extrêmes. Les coûts de production et de distribution peuvent alors être plus élevés lorsqu'il s'agit de répondre aux spécificités de la demande d'une clientèle modeste.

À la limite, dans ce cas, la demande des plus modestes peut d'ailleurs être aussi mal traitée que celle des plus riches.

Le producteur ou le vendeur a également pu se heurter à l'impossibilité de cibler une partie de la clientèle, à pouvoir l'atteindre spécifiquement et donc à pouvoir la mettre en lien avec une offre adaptée.

Certains vendeurs peuvent aussi délibérément profiter des contraintes qui pèsent sur une partie des consommateurs, contraintes qui représentent pour eux une opportunité. C'est le cas des mini-doses. Certaines entreprises l'ont compris et l'exploitent avec un cynisme froid. Un paquet de lessive coûte 10 euros, qu'un ménage très modeste ne pourra pas dépenser d'un coup, ayant à arbitrer entre plusieurs types de dépenses et ne pouvant mettre dans son caddy hebdomadaire plus d'une certaine somme. Il sera donc tenté par le paquet plus petit. Mais qu'il achètera plus souvent. Pour s'adapter à ce mode de consommation contraint, les fabricants et les distributeurs ont développé des mini-doses dont le coût par gramme ou par millilitre est bien plus élevé. C'est vrai notamment pour le shampoing. Les plus modestes payeront donc leur dose de shampoing ou de lessive plus chère que ceux qui peuvent s'acheter des quantités standards. Leur contrainte de trésorerie se traduit alors par un surcoût budgétaire et, *in fine*, par le coût d'une lessive ou d'un lavage de cheveux plus onéreux que celui d'un ménage aisé.

Ainsi, récemment, le patron d'Unilever, après avoir exprimé ses inquiétudes sur la montée de la pauvreté en Europe, a annoncé avoir trouvé une solution : proposer des mini-doses de lessive : « Si un Espagnol ne dépense plus en moyenne que 17 euros quand il fait les courses, je ne vais pas lui proposer un paquet de lessive qui coûte la moitié de son budget », a-t-il expliqué au *Financial Times Deutschland*[1]. Il préfère donc lui proposer un plus petit paquet, mais dont le prix au kilo sera plus élevé.

L'exemple de la téléphonie est sans doute plus complexe et mêle divers phénomènes.

En France, la minute des cartes prépayées est plus chère que le coût d'une minute extraite d'un forfait. Or, dans certains pays, au contraire, l'achat de cartes prépayées est particulièrement bon marché.

Pour les opérateurs, le coût marginal d'une minute de téléphone est quasiment nul (tant que le réseau n'est pas saturé). Les coûts sont essentiellement composés des coûts fixes mutualisés entre

1. Interview de Jan Zijderveld, 27 août 2012.

tous les clients : coût de l'infrastructure technique (antennes), coût de production, d'acheminement et de commercialisation des cartes et abonnements, coûts de gestion, y compris le contentieux (dont on peut penser qu'il est bien financé par les systèmes de pénalités mis en place en cas de dépassement).

Il est clair que la mutualisation de l'infrastructure technique et commerciale offre aux vendeurs une réelle souplesse dans le mode de tarification : il relève de leur politique tarifaire de faire subventionner les grands consommateurs par les petits ou les petits consommateurs par les grands, en adoptant des taux de profit différents selon le type de client (sans aller bien sûr jusqu'à la vente à perte).

Le petit client, qui achète des cartes prépayées parce qu'il ne remplit pas les conditions plus strictes pour avoir un forfait, notamment celle de pouvoir supporter un prélèvement automatique, est un client « à un coup ». Il n'est pas fidèle, il n'est pas captif. Il est donc tentant d'en tirer le profit maximum à chaque achat.

La troisième cause est liée au produit acheté lui-même.

La limitation des revenus ne permet pas d'accéder aux mêmes standards de qualité que le reste de la population. C'est typiquement le cas pour la voiture. Une voiture plus vieille, d'un modèle ancien nécessitera plus de réparations et donc des coûts supplémentaires et consommera davantage d'essence qu'un modèle bénéficiant des derniers avantages technologiques.

Les dépenses d'énergie et de chauffage sont bien évidemment plus élevées quand on ne peut pas investir dans les travaux ou les équipements qui permettent de mieux isoler un logement, comme le double vitrage ou les dépenses relatives aux travaux d'étanchéité. Les appareils électroménagers les moins chers sont également les plus gourmands en énergie.

De même en matière de logement et de transports.

Quand on doit habiter à la périphérie parce qu'on ne peut supporter les loyers plus élevés des centres-villes, il faut assumer des coûts de transport supplémentaires ; en zone 4, le coût du passe Navigo est de 102 euros mensuel alors qu'il est de 65 euros quand on habite Paris intra-muros. Voilà donc une différence de 74 euros par mois pour un couple, qui, sans compter le temps supplémentaire, doit donc être dépensée pour obtenir un loyer moins élevé. On comprend la demande des écologistes de l'Île-de-France d'un tarif unique pour le pass Navigo, moyen d'atténuer la double peine, mais qui se heurte à la difficulté d'augmenter, même modérément, le tarif payé par les Parisiens. On peut d'ailleurs montrer que le gain de loyer obtenu en habitant plus loin est vite neutralisé par le surcoût de transport, dès lors qu'on doit combiner utilisation de sa voiture pour aller à la gare et transports en commun.

La contrainte budgétaire est donc très onéreuse.

Quelles sont les conséquences de ces surcoûts ?

Une partie non négligeable des ressources des plus modestes, un tiers, provient des transferts sociaux, c'est-à-dire sort des caisses publiques... Si ces budgets publics achètent des biens au-dessus du prix normal, ils ne servent pas à soulager les plus modestes, ils ne servent pas à alléger leur facture, ils ne servent pas à réduire la pauvreté, mais ils servent à compenser un surcoût. Ils subventionnent les biens davantage que les personnes qui en ont besoin.

De ce constat découlent trois limites essentielles aux politiques sociales :

La première est que l'argent ne va pas toujours dans les poches où l'on croit le verser. Le bénéficiaire final d'une allocation n'est pas forcément celui qui la perçoit. C'est le cas, par exemple, lorsque la mise en place d'aides au logement permet aux propriétaires d'augmenter les loyers sans quitter le marché sur lequel ils étaient avant l'instauration (ou l'augmentation) de ces prestations. L'aide est alors de fait versée aux propriétaires et non aux locataires.

Le deuxième est qu'une action de lutte contre la pauvreté qui ne traite pas la double peine peut être inefficace, neutralisée.

L'image qui nous semble la plus appropriée est celle du septième et dernier moyen proposé par Cyrano de Bergerac pour gagner la Lune. Rappelons le contexte de cette magnifique scène. Cyrano est chargé par Roxane de faire attendre le duc de Guise pour lui laisser le temps d'épouser secrètement le beau Christian, qui part au siège d'Arras. Avec abnégation, Cyrano trouve un stratagème astucieux.

Il saute du balcon et fait croire, au duc de Guise ébahi, qu'il tombe de la Lune. Puis il se lance dans une interminable énumération des méthodes qu'il a imaginées pour rejoindre la Lune. Celle qui nous intéresse est celle de l'aimant. Cyrano prétend s'être assis sur un plateau en fer, avoir lancé un aimant en l'air, qui a provoqué l'élévation du plateau jusqu'à rejoindre l'aimant. Un nouveau jet aurait permis de franchir une deuxième hauteur et ainsi de suite jusqu'à atteindre la Lune.

> « Enfin, me plaçant sur un plateau de fer,
> Prendre un morceau d'aimant et le lancer en l'air !
> Ça, c'est un bon moyen : le fer se précipite,
> Aussitôt que l'aimant s'envole, à sa poursuite ;
> On relance l'aimant bien vite, et cadédis !
> On peut monter ainsi indéfiniment. »

La course-poursuite déclenchée par la double peine obéit à un procédé similaire : une nouvelle injection de crédits provoque une augmentation des prix, qui impose une majoration des allocations, qui déclenche une nouvelle augmentation des prix. En termes de pouvoir d'achat, l'effet est nul (ou négatif). On n'atteint pas la Lune, on reste au sol. On s'enfonce même.

La troisième conséquence est que cette course-poursuite entre « surdépenses » et compensations par des prestations est coûteuse pour les finances publiques. Elle fait supporter par le budget de l'État ou de la Sécurité sociale des dépenses qui ne permettent pas d'améliorer la situation des plus faibles, mais de répondre à des distorsions de prix, voire de les encourager.

La double peine est bien une réalité dans les pays riches. Une réalité forte mais méconnue de la part de ceux qui ne sont pas pauvres, qui ont l'habitude de faire jouer la concurrence la plus large, de choisir entre différents prestataires, de savoir négocier, de pouvoir jouer le rapport de force, d'être courtisés pour être clients, d'être récompensés pour leur fidélité : bref, d'être traités par les différentes enseignes, comme des clients « de marque ».

Ceux-là, souvent, voient les plus pauvres, qui n'arrivent pas à joindre les deux bouts, à boucler leur budget, à se passer de l'aide alimentaire, de dépannages ou de crédits à la consommation, comme des irresponsables, qui ne savent pas gérer un budget, qui jettent le peu d'argent qu'ils ont par les fenêtres. Fait aggravant, cet argent est bien souvent le fruit d'aides publiques qu'il faut financer avec des impôts.

Alors, pour lutter contre la pauvreté, ils vont proposer des programmes d'éducation budgétaire. Combien de fois ai-je entendu cela dans les commissions, les dîners-débats, les colloques et les forums ? Des fondations sont même facilement partantes pour payer ces formations parce que, vraiment, « ces gens-là ne savent pas les bases ». « On devrait leur dire de manger cinq ou six légumes par jour pour un bon équilibre nutritionnel », sans se préoccuper du prix des fruits et des légumes, est la version contemporaine de la célèbre phrase : « Ils n'ont pas de pain ? Qu'ils mangent de la brioche ! »

Le comble du cynisme est atteint quand ce sont les établissements bancaires ayant développé le crédit revolving – un crédit avec un taux d'intérêt compris entre 15 et 20 % – qui proposent de former ceux qui pourront accompagner ces surendettés. Ne serait-ce pas plus utile que les banques, les assureurs reçoivent, eux, des formations à la pauvreté ?

Mis bout à bout, ces surcoûts deviennent conséquents et peuvent représenter plus de 10 % du budget d'un ménage, qui paye donc le coût de sa contrainte, non par inconséquence, non par mauvaise gestion, non par négligence ou imprévoyance, mais bien par une contrainte indépassable que ni le marché ni les systèmes publics ne peuvent ou ne veulent compenser ou même atténuer.

La nature et l'ampleur de la double peine sont familières à ceux qui la subissent mais mal connues de ceux qui l'infligent. S'il y avait des procureurs pour eux, la plupart seraient inculpés de « coûts et usures volontaires ayant entraîné le surendettement sans intention de le donner », mais quelques-uns d'entre eux justifieraient une inculpation pour « ruine avec préméditation », parfois même ils pourraient être qualifiés de « serial ruineurs ».

III

Double peine dès le biberon

La double peine commence dès le biberon. C'est le constat fait il y a plus de dix ans, en 2002, par une étude de l'Observatoire de la consommation alimentaire, qui a motivé un avis du Conseil national de l'alimentation, instance regroupant l'ensemble des acteurs de la chaîne alimentaire ainsi que des scientifiques :

« Sur le plan nutritionnel, le Conseil constate que les déficiences ou carences, qui sont importantes chez les populations défavorisées, tiennent au moins en partie à des difficultés d'accès à l'offre, liées notamment à un problème de revenu, et à des désordres du comportement alimentaire. [...] Le Conseil estime que des mesures générales et ciblées doivent être prévues pour parvenir à rétablir une situation satisfaisante.

Le Conseil national considère que, de manière générale, il n'est pas possible d'intervenir directement sur la formation des prix des aliments les plus utiles, mais sans doute préférable de retenir une approche ciblée à travers l'aide alimentaire. Le

Conseil remarque néanmoins que certaines situations spécifiques doivent être prises en considération.

Par exemple, pour les populations défavorisées, le prix des laits pour bébés peut devenir prohibitif alors que leur défaut d'utilisation est à l'origine d'excès (par exemple protéiques) ou de carences (par exemple en fer) chez le nourrisson et l'enfant en bas âge. Pour ces populations, le Conseil estime indispensable de rendre les laits pour bébés plus facilement accessibles. Il préconise que tous les moyens existants (distribution gratuite, acheminements ciblés, tarif interministériel de prestations sanitaires, etc.) soient utilisés à cette fin.[1] »

Donner du lait infantile en poudre à un nourrisson, après l'allaitement maternel ou à la place de celui-ci quand la mère ne veut ou ne peut pas allaiter est recommandé par les pédiatres. Mais acheter des boîtes de poudre de lait revient à environ 75 euros par mois ! 2,5 euros par jour. Pour une femme qui élève seule son enfant en travaillant à mi-temps, avec des ressources d'environ 750 euros par mois, cela représente 10 % du budget total et la quasi-totalité du « reste à vivre ». Si l'on rajoute au moins 1 euro par jour pour les couches… Les mêmes coûts, voire plus, devront être supportés au moment de la diversification infantile, que les mères aient recours aux aliments tout préparés ou qu'elles achètent des

1. Avis n° 34 du Conseil national de l'alimentation sur l'exclusion sociale et l'alimentation rendu sur le rapport élaboré par le groupe de travail présidé par Mme Nathalie Lemaire, M. Jean-Luc Volatier en étant rapporteur. Adopté à l'unanimité, mars 2002.

fruits et des légumes pour préparer les purées et les compotes.

Ceci conduit à faire des biberons au lait de vache très précocement et à avoir recours à la nourriture industrielle tout-venant plutôt qu'à l'alimentation infantile.

« Casser les prix des laits deuxième âge » figurait donc au nombre des préconisations de notre rapport sur la pauvreté des enfants publié en 2005[1]. Mais il ne s'est rien passé sur ce front pendant plusieurs années, jusqu'à ce qu'advienne une rencontre décisive, comme il en arrive quelques-unes, en 2009.

Emmanuel Faber, l'un des principaux dirigeants de Danone, avait demandé à me voir lorsque j'étais au gouvernement haut commissaire aux solidarités actives contre la pauvreté. Il avait été, m'explique-t-il, le principal artisan de la « *joint venture* » entre Danone, multinationale de l'industrie agroalimentaire et Grameen, créée par Muhammad Yunus, l'inventeur du microcrédit nommé Prix Nobel de la paix en 2006. Grameen-Danone fabrique et commercialise des yaourts supplémentés en vitamines pour les enfants du Bangladesh. Ce n'est pas une société comme les autres : elle ne rémunère pas ses actionnaires ; c'est un « *social business* ». Elle peut chercher à être « profitable », mais la totalité du profit éventuel est réinvesti dans le développement de cette société ou des actions d'intérêt

1. « La nouvelle équation sociale », rapport de la commission « Familles, vulnérabilité, pauvreté », avril 2005.

général. Même si ce yaourt connaît un formidable succès et si les ventes explosent, les actionnaires de Danone ne toucheront aucun dividende.

Emmanuel vient me voir car il se dit que Danone, entreprise française héritière d'une belle histoire sociale écrite par Antoine Riboud, n'a pas de programme « social » en France et qu'il y a peut-être des besoins dans ce pays « riche ». Pouvons-nous faire quelque chose ensemble ? me demande-t-il. Je n'hésite pas une seconde. Me revient immédiatement à l'esprit la question du lait deuxième âge, l'étude de l'Observatoire de la consommation alimentaire, l'avis du Conseil national de la consommation, la préconisation du rapport sur les familles pauvres, la détresse des mères et l'inertie depuis de si nombreuses années. « Vous voulez faire quelque chose de social en France ? Faites donc des laits infantiles génériques. Divisez par deux le prix du lait infantile pour les familles modestes. Si vous ne faites pas cela, je ne vois pas ce que vous pouvez faire de social » réponds-je abruptement. Et je poursuis mon raisonnement, à l'égard de cet interlocuteur dont je ne connais pas les engagements[1] : « Nous sommes en train de mettre en place le revenu de solidarité active. Nous allons apporter 150 euros, avec de l'argent public, aux femmes qui travaillent à mi-temps pour 500 euros par mois. Et vous trouvez normal que la moitié de cette somme retombe

1. Le récit de cette rencontre, telle qu'elle a été vécue par Emmanuel Faber, figure dans son très beau livre *Chemins de traverse*, Albin Michel, 2011.

directement dans vos caisses ? 75 euros par mois, juste pour de la poudre de lait ! » Parfois, je ne sais pas être dans la nuance. À peine ces mots prononcés, je pense que j'ai tort de décourager une bonne volonté et que je ne reverrai jamais ce visiteur. Mais la discussion continue et Emmanuel Faber me dit qu'il va réfléchir. Quelques semaines après, il m'appelle : « J'en ai parlé autour de moi. Nous sommes prêts à nous lancer, si vous nous aidez. » Il a renversé la problématique. Ce n'est plus Danone qui vient m'aider ou qui vient aider les familles, c'est nous qui sommes appelés à aider à monter ce programme. Il est prêt à ce que l'entreprise renonce à tout profit sur l'alimentation infantile pour les familles vivant sous le seuil de pauvreté, à créer en France un « *social business* » obéissant aux mêmes principes que ce qui a été amorcé au Bangladesh.

C'est ainsi que naît le Programme Malin. Nous n'imaginons pas à l'époque les difficultés auxquelles nous nous heurterons, la complexité, les embûches, les obstacles qu'il faut surmonter pour réaliser une idée simple : donner accès au lait infantile à un prix abordable, quand l'industriel lui-même propose de renoncer à tout profit et d'abandonner ses marges bénéficiaires !

Cela commence par plusieurs mois de discussion entre les parties prenantes. Sont réunis autour de la table des associations concernées par la pauvreté, des médecins et des chercheurs spécialistes de l'alimentation, les institutions publiques, comme la Caisse nationale des allocations familiales. Même les associations qui promeuvent l'allaitement maternel, que nous avons conviées, sont là aux premières réunions, surmontant temporairement leurs réticences à être assises à la même table qu'un industriel commercialisant les laits de substitution. On associe des pédiatres, dont le Professeur Turck, que j'ai connu lorsque je dirigeais l'Agence française de sécurité sanitaire des aliments. J'avais été frappé par son courage et sa détermination dans un combat que nous avions mené ensemble pour « bouter » les distributeurs de boissons sucrées hors des préaux des établissements scolaires. Contrairement à la frilosité coutumière, il n'avait pas hésité à ce que le comité d'experts qu'il présidait s'engage dans des recommandations musclées plutôt que dans un avis qui ressemblerait à un sirop de sucre.

Nous sommes rapidement tombés d'accord sur les principes :

– il n'est pas question de mettre au point une gamme spécifique de produits pour « mamans pauvres » ; le Programme Malin devra donner accès exactement aux mêmes boîtes de lait et aux mêmes petits pots que l'ensemble de la population ;

– hors de question de même d'avoir un circuit de distribution particulier, avec des magasins pour mamans pauvres : les réductions de prix seront pratiquées dans les circuits de distribution classiques ;

– il ne faut pas non plus être contre-productif à l'égard de l'allaitement maternel et détourner les mères d'une pratique recommandée par les pédiatres et par le code de l'OMS ; ceci nous conduira d'ailleurs à écarter du programme le lait premier âge, pourtant lui aussi coûteux, pour que nous ne nous retrouvions pas en contradiction avec ces recommandations ;

– il faut réserver le programme aux familles les plus pauvres, mais sans reproduire les effets absurdes qu'imposent parfois les procédures. On peut être pauvre sans répondre à la définition « administrative » de la pauvreté. Par exemple, avec un revenu légèrement supérieur au seuil de pauvreté mais des crédits tellement élevés qu'il ne reste plus rien pour les besoins quotidiens.

Pour faire baisser le prix de vente des produits infantiles, sans gagner de l'argent, mais sans non plus en perdre, il faut trouver un modèle économique solide. Celui-ci repose sur trois leviers. Le premier, c'est le renoncement aux marges bénéficiaires de la filiale de Danone qui fabrique ces produits. Mais cela ne suffit pas pour arriver à la moitié du prix. Le deuxième, c'est l'anticipation d'une augmentation des volumes vendus : logiquement, si les mères renoncent à ces produits pour des raisons financières, elles devraient être plus nombreuses à en acheter avec des prix abaissés de moitié. Le troisième levier consiste à convaincre les distributeurs de faire également un effort sur leurs marges. Un quatrième levier est envisagé, en utilisant les possibilités offertes par les entreprises qui font du mécénat, sur lesquelles nous reviendrons.

Si le Programme Malin ne doit pas générer de profits pour Danone, nous prévoyons cependant qu'en vitesse de croisière, il puisse dégager des excédents. Mais, au lieu de les intégrer dans les bénéfices, l'idée est de les réinvestir entièrement dans des programmes d'éducation pour la santé. Ainsi, ce programme pourrait faire coup double. D'une part, rendre les produits plus accessibles et, d'autre part, sensibiliser les mères aux pratiques alimentaires recommandées par les nutritionnistes. Les deux volets sont complémentaires.

Au bout de quelques mois, nous avons arrêté les principes du programme :

– les familles « éligibles » seront celles qui remplissent les conditions pour recevoir le revenu de solidarité active, ou qui sont considérées comme devant être aidées par les centres sociaux ou les associations, en faisant confiance aux acteurs pour faire preuve de discernement ;

– elles bénéficieront de bons de réduction, valables dans tous les magasins partenaires, pour la quantité de produits nécessaires à la consommation de chaque enfant de moins de 3 ans ;

– ces bons de réduction concerneront les produits Blédina (lait deuxième âge et petits pots), mais pourront aussi concerner des fruits et des légumes si d'autres partenaires veulent se joindre au programme ;

– une information sera donnée sur les programmes d'éducation nutritionnelle et les initiatives locales pourront être soutenues financièrement dans le cadre de l'équilibre financier du Programme Malin.

Reste à savoir comment pouvoir informer les familles éligibles de l'existence du programme et leur faire parvenir les bons de réduction. Nous pensons d'abord nous appuyer sur les fichiers de la Caisse nationale des allocations familiales. Mais nous nous heurtons vite à des obstacles redoutables : nous ne pouvons pas obtenir ces fichiers qui sont (et c'est d'ailleurs une bonne chose) protégés par la loi « informatique et libertés ». Et la CNAF ne veut pas adresser elle-même l'information aux familles à la fois pour des raisons pratiques (ne pas rajouter de travail aux agents) et des raisons de principe (ne pas servir de support à une initiative à laquelle participe une entreprise du secteur privé). Pourtant, il nous semble que nous remplissons deux conditions qui devraient lever cette objection. La première est que Danone a accepté que toute autre entreprise qui serait prête à rejoindre le programme puisse le faire, pour justement ne pas être accusée de mettre au service d'une seule entreprise, au détriment de la concurrence, la collaboration de services publics et le partenariat avec des associations à but non lucratif. La seconde condition est que, précisément, l'entreprise se comporte, dans ce programme, exactement comme un acteur à but non lucratif, puisque renonçant à distribuer un éventuel profit.

Nous finissons par obtenir, à titre pilote, que quelques caisses d'allocations familiales nous aident. Nous obtenons aussi, après de longs mois de négociation que des mairies, des conseils généraux et des maternités informent les familles qui fréquentent leurs services sur l'existence du programme et leur permettent de s'inscrire. Chaque fois, ce sont de longs palabres. Il faudrait, idéalement, sur chaque territoire, la coopération de la caisse d'allocations familiales, de la mairie, avec ses centres sociaux et du conseil général, dont relève la protection maternelle et infantile. Mais, quand la mairie est d'accord, il est fréquent que le conseil général, qui ne s'entend pas avec elle, dise non. Et réciproquement. Nous sollicitons plusieurs grands élus. Certains refusent, pour ne pas s'embarquer dans un programme qui fait participer une entreprise. Ou parce qu'ils ne peuvent convaincre leurs équipes sociales de s'engager dans une initiative qui tranche avec les modes d'intervention habituels des services sociaux. Il ne s'agit pas en effet de délivrer une aide, mais avant tout de modifier le prix d'achat d'un service. Cela ne rentre pas dans les cases traditionnelles. Parfois le refus prend six mois à nous être communiqué après de multiples relances. Dans d'autres cas, la réponse définitive n'est jamais partie. Dans une grande ville sollicitée parce que le nombre de familles pauvres y est particulièrement important, une réponse est en attente de la signature de l'élu depuis plusieurs mois. Débordé, il n'a pas eu le temps de signer cette lettre censée nous dire oui.

Finalement, le Programme Malin est expérimenté à Nancy, Nantes, Grenoble, en attendant deux ou trois autres sites. Les difficultés à trouver des territoires prêts à se lancer dans ce programme sont d'autant plus fâcheuses qu'un protocole d'évaluation rigoureux a été élaboré, accepté par l'Agence nationale de la recherche et a trouvé son financement. Il s'agit de mesurer les effets de l'économie engendrés par le programme tant sur l'équilibre nutritionnel des enfants concernés que sur l'équilibre budgétaire du ménage, en comparant leur situation à celle d'enfants qui n'ont pas bénéficié du programme.

C'est intéressant, parce que cela démontre que le frein ne vient pas de l'argent. La mauvaise volonté de la multinationale n'est pas non plus en cause. On pourrait penser que celle-ci chercherait à obtenir la publicité maximale pour la moindre ampleur possible. Qu'elle serait satisfaite de programmes « vitrines », concernant quelques centaines d'enfants et lui permettant de communiquer à grand renfort de tambours et trompettes, sur sa responsabilité sociale, son engagement, ses valeurs, sa générosité. Pas du tout. Le frein est ailleurs. Il est du côté des institutions publiques, qu'il s'agisse de l'État, des organismes de la Sécurité sociale comme des caisses d'allocations familiales, ou des collectivités territoriales. Parce que ce programme fait intervenir une entreprise. Une entreprise privée engagée dans un programme à destination des plus pauvres. Quelle hérésie !

Je comprends une certaine méfiance *a priori*. Je n'ai pas été le dernier à m'opposer au fait de placer l'action publique sous influence et sous dépendance d'entreprises privées. À refuser que l'expertise soit confiée à des organismes privés. À me rebeller quand des programmes de nutrition étaient financés par des entreprises ou des organismes professionnels de l'agroalimentaire. À hurler parce que les documents destinés à sensibiliser les familles modestes aux enjeux nutritionnels étaient financés par des industriels qui apposaient leur logo sur ces documents.

Mais, dans ce cas, il ne s'agit pas du tout de la même chose. Il s'agit d'« autoriser » des entreprises à faire moins de profit pour une certaine clientèle. Il s'agit de rendre ces produits moins chers pour les familles modestes. Pas de les inciter à consommer. Pas de les conditionner. Pas de faire du marketing sur leur dos. Pas de faire du profit sur leur compte. Au contraire le but est de leur permettre d'accéder à une offre qui leur coûte moins cher et qui ne va pas rapporter à l'entreprise.

On nous dit parfois : « Nous ne voulons pas mettre le doigt dans un engrenage dangereux où le secteur public se désengagerait au profit du secteur privé. C'est à la puissance publique de faire la politique sociale, pas aux entreprises… »

Il ne s'agit pas de s'opposer à ce principe. Ici, ce ne sont pas les entreprises qui se substituent à l'action publique et qui « privatiserait » l'action sociale. Il s'agit juste d'entreprises qui renoncent d'elles-mêmes (à leur grand tort, cela serait tellement plus confortable si elles y étaient forcées et encore plus formidable si elles s'y opposaient !) à faire du profit, et même mieux, renoncent à avoir du profit subventionné par l'argent public.

Car comment cela se passe-t-il sans le Programme Malin ? Les familles modestes ont plusieurs solutions :

Première hypothèse : elles achètent ces produits

avec leurs maigres ressources, qui comportent une part de prestations sociales, et ces coûts contribuent à déséquilibrer leur budget et à accroître leur dépendance aux aides sociales, voire au recours aux mécanismes de surendettement.

Deuxième hypothèse : elles renoncent à ces produits et, s'agissant d'alimentation infantile, donnent plus tôt que recommandé par les pédiatres du lait de vache au lieu du lait maternisé, ou des plats cuisinés tout prêts plutôt que des petits pots. Quel est le gain pour la société, pour les services sociaux, pour les familles ?

Troisième hypothèse : elles bénéficient du secours d'organismes tels que Les Restos du cœur ou les banques alimentaires. Mais ces organismes non lucratifs tirent une grande partie de leurs ressources de subventions publiques. C'est le Programme européen d'aide aux plus démunis qui leur permet d'acheter des denrées. Ou bien elles bénéficient de dons, irréguliers, qui peuvent s'interrompre lorsque le donateur change de priorité.

Serait-il plus moral de subventionner avec de l'argent public des organismes pour acheter les produits mis sur le marché par les entreprises que d'accepter que ces dernières renoncent à faire du profit ?

L'idéologie, l'ignorance, la méfiance poussent au délire et surtout à prendre en otage les publics eux-mêmes. Nous voilà non pas dans la troisième dimension, mais directement dans la triple peine. Première peine, ils sont pauvres. Deuxième peine, ils payent plus que les autres. Troisième peine, ceux qui les accompagnent les privent de l'accès à des produits moins chers. Et tout cela au nom des grands principes, des valeurs, des faux bons sentiments.

Faisons un tour au Royaume-Uni. Il y existe un programme appelé « Healthy Start » que l'on pourrait traduire par « Démarrage sain ». Nous sommes allés rencontrer les équipes du ministère de la Santé anglais qui le gère. Ce programme concerne toutes les femmes enceintes et mères d'enfants de moins de 4 ans avec des revenus modestes. Que propose-t-il ? Des bons d'achat d'une valeur de 3 livres par semaine qui peuvent être dépensés dans tous les magasins d'alimentation, pour acheter du lait, des fruits et des légumes. Il est le prolongement des « bons d'alimentation » datant de la guerre.

Healthy Start bénéficie à 5 millions de ménages ! Et il est géré en tout et pour tout par cinquante personnes, réparties en deux équipes. L'une reçoit les formulaires d'inscription des familles et leur adresse les bons auxquels elles ont le droit. L'autre équipe est chargée de payer auprès des commerçants les bons reçus. Les coûts de gestion d'un tel programme sont minimes. L'équipe qui s'occupe des inscriptions a accès à tous les registres fiscaux et sociaux. Par une simple interrogation, elle peut vérifier que les mères remplissent bien les conditions de ressources. Mieux, lorsqu'elle repère des femmes non inscrites qui pourtant ont des ressources faibles, d'après les revenus fiscaux, elle leur adresse un formulaire et une information sur le programme. Trois relances sont faites. Une bonne manière de lutter contre le non-recours. Les formulaires doivent simplement être validés par un des nombreux professionnels qui peuvent s'occuper de la mère et des enfants, depuis la maternité jusqu'à l'équivalent de la Protection maternelle et infantile en passant par tous les services sociaux.

Pourquoi un tel programme ne pourrait-il être lancé en France ? Nous proposons de le faire avec une nette différence. Au Royaume-Uni le programme est financé par l'État, sur le budget du ministère de la Santé. Il coûte 100 millions de livres par an au budget du Royaume-Uni. Il a été sanctuarisé et a échappé à toutes les coupes budgétaires. Cependant son budget est contraint et le gouvernement est bien soulagé qu'un programme complémentaire qui distribue des vitamines soit beaucoup moins utilisé, lui permettant d'engranger des économies sur une dépense potentielle non financée. On touche là à un comportement qu'on trouve dans beaucoup de pays où le non-recours au droit est une bonne manière de faire des économies budgétaires tout en affichant des programmes généreux.

En France, l'équivalent de Healthy Start pourrait voir le jour sans coûter un centime à l'État. Un industriel est prêt, disposé, volontaire pour faire bénéficier de bons de réduction sans limites les familles modestes pour des produits recommandés par les pédiatres pour l'alimentation infantile. Qui plus est, il ne réclame même pas l'exclusivité pour le faire. En d'autres termes et comme nous en sommes convenus dès les premières réflexions sur le prototype du Programme Malin, Danone n'impose pas que ce dernier soit réservé à ses propres produits mais conçoit tout à fait que d'autres entreprises soient intégrées dans le même programme. Il ne peut donc pas être accusé de chercher à obtenir un avantage concurrentiel par une stratégie habile d'entrisme.

Que faudrait-il faire pour que ce programme puisse concerner des centaines de milliers d'enfants, éventuellement tous les enfants vivant sous le seuil de pauvreté ? Ils sont plus de 100 000 chaque année ! Il suffirait que les services publics s'impliquent en permettant aux promoteurs du programme d'avoir accès aux familles, ou de leur adresser l'information sur celui-ci, de l'inclure dans les outils des différents professionnels. Bref, d'en faire un programme national, un programme public à coût nul.

Encore une fois, il ne s'agit pas de privatiser les services publics. Quelle bêtise de penser une telle chose. Les familles modestes ne sont pas dans une bulle publique. Elles sont, *horresco referens*, en contact avec la sphère privée. Elles vont acheter du pain dans une boulangerie privée, des fruits dans une épicerie privée, des couches dans un supermarché privé, des produits infantiles dans un commerce privé. Tous ces produits sont fabriqués, distribués par des acteurs privés qui interagissent tous les jours avec des familles suivies par des services sociaux. Et elles achètent leurs produits en partie avec de l'argent qui sort des caisses publiques sous forme d'allocations familiales, de revenu de solidarité active, d'aides sociales de toute nature.

Un industriel se propose de gagner moins d'argent ?

Et même pas d'argent du tout ? Et on crie haro sur le baudet, halte à la privatisation, au loup. C'est absurde !

Car le résultat de tout cela est qu'on dépense de l'argent public pour nourrir les profits des entreprises. Et l'on va laisser les familles demander une augmentation des aides pour faire face à l'augmentation des prix des produits. Comment gaspiller l'argent public en pourrissant la vie des plus pauvres, au nom de soi-disant principes qui tournent au ridicule.

IV

Sur la face publique de la double peine

Si on peut admettre, à la rigueur, que le jeu du marché défavorise les pauvres, comme dans tout équilibre fondé sur un rapport de force qui désavantage les plus faibles, on s'attend à ce que l'État soit un combattant acharné de la double peine. Que son intervention dans la lutte contre la pauvreté corrige les effets impitoyables de l'économie. Que le souci de combattre les inégalités commence par la correction d'effets qui pénalisent les plus modestes.

Cruelle désillusion. L'État est un adepte de la double peine qu'il pratique à l'envi, avec allégresse. On pourrait même dire avec un certain cynisme, quand ce n'est pas par renoncement. Une phrase qu'aimait à me répéter l'abbé Pierre me revient souvent à l'esprit : « Dans une démocratie, les pauvres souffrent à la fois d'être trop nombreux et d'être minoritaires. » On ne peut pas leur souhaiter de devenir majoritaires pour que les élus s'en préoccupent, en y voyant leurs propres intérêts électoraux. On ne peut pas non plus aspirer à transformer la démocratie en dictature : aucune n'a obtenu de résultats probants sur la pauvreté. On peut, de ce point de vue, se réjouir que les démocraties, avec tous leurs défauts, créent moins de pauvreté et d'inégalités que les dictatures, quelles qu'elles soient !

On peut malheureusement multiplier les exemples d'une double peine engendrée par les dispositifs publics : qu'il s'agisse de la fiscalité, de la taxation du travail, des prestations sociales, de l'accès à la santé, elle est bien présente.

Rappelons qu'on appelle « double peine » le mécanisme qui pénalise ceux qui ont les revenus les plus faibles, qui les met dans une situation plus désavantageuse que celle que « justifierait » le simple écart de revenus.

Commençons par la fiscalité. Dans ce domaine, la double peine a été implacablement mise à jour par Thomas Piketty qui a démontré que la France n'avait pas un impôt progressif, comme nous le clamons et comme en sont persuadés ceux qui ont les revenus les plus élevés, mais un impôt dégressif. Dans le livre *Pour une révolution fiscale*[1] Thomas Piketty et ses coauteurs montrent que, si l'ensemble des ménages subissent une taxation moyenne de 45 % de leurs revenus, les plus aisés ne sont soumis qu'à un taux moyen de 35 % contrairement à toutes les idées reçues, et tenant au fait que, parmi les impôts, celui qui est censé être le plus progressif, l'impôt sur le revenu, ne représente qu'une faible

1. Thomas Piketty, Camille Landais, Emmanuel Saez, *Pour une révolution fiscale. Un impôt sur le revenu pour le* XXI*e siècle*, coll. « La République des idées », Seuil, 2011.

part du total des impositions et que sa progressivité est fortement atténuée par les niches fiscales et autres mécanismes de déduction et réduction d'impôts. Entre les premiers déciles de revenus, la progressivité est très faible, si bien que les 10 % les plus pauvres payent plus de 40 % d'impôts sur l'ensemble de leurs ressources, soit un taux de prélèvements supérieur aux plus riches. L'État aussi sait pratiquer, probablement involontairement ou plus exactement par l'équilibre des pressions plus fortes provenant des plus riches que des plus modestes, la double peine. On est loin de la Déclaration des droits de l'homme et du citoyen qui prévoit que chacun contribue aux dépenses de la nation en fonction de ses facultés.

Cette situation résulte de dizaines de décisions, qui n'ont jamais été prises avec des intentions perverses, mais dont le résultat cumulatif pénalise les plus modestes.

C'est, par exemple, la conséquence des crédits d'impôts devenus à la mode ces dernières années. Il faut inciter à faire de menus travaux pour améliorer l'efficacité énergétique d'un logement ? La facture peut donner lieu à un crédit d'impôt. On veut soutenir les parents qui souhaitent aider la scolarité des enfants par des cours particuliers ? Les sommes déboursées seront allégées par un crédit d'impôt. Ce mécanisme présente plusieurs avantages. D'abord, il ne s'use que si on s'en sert. Ensuite, 100 % de la dépense publique est ciblée sur l'action qu'elle cherche à encourager. On loue son effet incitatif qui encourage les comportements individuels considérés comme vertueux pour l'intérêt général : maîtriser l'énergie, favoriser le travail déclaré des répétiteurs, des femmes de ménage ou des nounous. Enfin, troisième avantage : octroyer une aide est considéré comme une augmentation des prélèvements obligatoires, alors que, pour la même dépense budgétaire, instituer un crédit d'impôt se traduit par une baisse de ces mêmes prélèvements…

Le hic, c'est que ces réductions d'impôt sur le revenu ne bénéficient qu'à ceux qui s'en acquittent. Donc, pas les plus modestes, qui peuvent pourtant souhaiter aider la scolarité de leurs enfants ou réduire leurs dépenses d'énergie.

Même chose pour le quotient familial, qui permet de calculer l'impôt en tenant compte du nombre d'enfants à charge et qui est à l'origine d'une curiosité. Prenons deux ménages vivant sur un seul salaire. Dans un cas un petit salaire, dans l'autre un salaire confortable. L'un et l'autre ont un premier enfant. Le couple aisé va voir son revenu disponible augmenter, par le jeu du quotient familial, tandis que l'autre conservera les mêmes ressources puisqu'il n'existe pas d'allocations familiales au premier enfant. Est-ce logique[1] ? On s'étonne de la violence des réactions quand le gouvernement, au printemps 2013, a décidé de davantage plafonner cet effet.

Vous nous direz : « Déjà ils ne payent pas l'impôt

1. On notera que le revenu de solidarité active tant décrié atténue cet effet puisque, pour le premier ménage, il peut s'ajouter au salaire et puisque son montant augmente dès le premier enfant.

sur le revenu, de quoi se plaignent-ils ? », mais l'argument n'est pas juste. On entend souvent que seule la moitié des ménages paye l'impôt sur le revenu. Cette phrase est juridiquement exacte mais économiquement fausse. Elle attise les jalousies et étaye un discours sur les pauvres, plus aidés que les autres, bénéficiant des aides sans avoir les devoirs, coûtant à l'État mais dispensés de contribuer à la charge commune.

C'est juridiquement exact. Ce qui s'appelle « impôt sur le revenu » ou « impôt sur le revenu des personnes physiques », l'IRPP, est effectivement « réservé » à ceux qui se situent au-dessus du revenu médian. Cependant, il existe en réalité, depuis vingt-cinq ans, deux impôts sur le revenu dans notre pays. Le second s'appelle « contribution sociale généralisée » ou CSG et a toutes les caractéristiques d'un impôt sur le revenu, à la différence près qu'il lui est proportionnel. Certes tous les Français ne s'en acquittent pas car la CSG n'est pas due sur les prestations sociales.

Au total, plus de 90 % des ménages payent sous forme d'IRPP ou de CSG un impôt sur leurs revenus. Mais seule la moitié d'entre eux bénéficient des avantages fiscaux greffés sur l'IRPP et qui ne le sont pas sur la CSG, implacablement proportionnelle aux revenus. La double peine fiscale existe donc également.

Notons qu'elle a été atténuée depuis l'élection de François Hollande. D'abord, avec la création d'une tranche supplémentaire de l'impôt sur le revenu à 45 % qui rétablit une partie de sa progressivité, puis avec le rétablissement à son niveau précédent de l'impôt sur la fortune, la diminution du plafond du quotient familial et la réduction de certaines niches fiscales.

Permettons-nous une petite facétie, en évoquant un tout autre contexte de double peine fiscale. Au Cambodge, l'un de mes interlocuteurs à un séminaire sur la protection sociale m'explique l'un des aspects de la double peine dans ce pays : il n'y a quasiment pas d'impôts. Ou plus exactement quasiment pas d'impôts « officiels ». Les impôts se payent directement aux fonctionnaires sans passer par les caisses de l'État, à cause d'une corruption endémique. L'école est gratuite mais, pour que le professeur accepte de corriger les devoirs, il faut lui donner un peu d'argent. Il en va de même pour tous les actes administratifs. Cependant, on ne demande pas aux puissants de s'acquitter de cette « taxe ». Résultat, si on assimile ces prélèvements à un impôt, l'impôt est dégressif en fonction des revenus, ce qui est une autre manière de pénaliser les plus modestes, les plus vulnérables avec un « crédit d'impôt » pour les plus riches !

Revenons en France et intéressons-nous à un deuxième phénomène où l'État impose la double peine : celui de la taxation du travail.

Le bouclier fiscal a été l'un des symboles du quinquennat de Nicolas Sarkozy. Et la gauche lui doit probablement une fière chandelle, car il a contribué à lui faire perdre les élections de 2012. C'était la mesure-phare de la première loi du quinquennat, en 2007, garantissant que personne ne paierait plus de 50 % d'impôts, quel que soit le montant de ses revenus. Elle a été symbolisée par les chèques de plusieurs centaines de milliers d'euros adressés aux plus fortunés pour les rembourser de l'excès d'impôt résultant de l'application des règles de droit commun.

Il est intéressant de rappeler que ce n'est pas Nicolas Sarkozy l'inventeur du bouclier fiscal, mais un Premier ministre socialiste, Michel Rocard, en 1988, au moment du rétablissement de l'impôt sur la fortune. Il faut reconnaître qu'à l'époque, le plafond n'était pas de 50 % mais de 80 % et qu'il n'incluait pas les prélèvements sociaux, ce qui fait une nette différence. Le bouclier fiscal est ensuite mis en place par Dominique de Villepin, alors Premier ministre, avec un plafond à 60 %, incluant les prélèvements sociaux, puis baissé à 50 % par Nicolas Sarkozy avec un slogan simple qui fait mouche : « Il ne faut pas qu'on travaille plus d'un jour sur deux pour l'État. » Le bouclier devient un symbole si pesant, au fur et à mesure que la crise déploie ses effets, qu'il est supprimé en 2011… en échange d'une baisse très sensible de l'impôt sur la fortune, ce qui fait que, globalement, les plus fortunés ont encore gagné au passage, mais d'une manière moins visible. François Hollande rétablira une forme de bouclier fiscal après son élection, mais davantage dans l'esprit de celui de Michel Rocard, tout en restaurant le niveau de l'impôt sur la fortune et en instituant une nouvelle tranche d'impôt sur le revenu à 45 %.

Si les ménages disposant des revenus les plus élevés sont à l'abri d'un prélèvement confiscatoire, ce n'est pas le cas des plus modestes. Jusqu'à l'instauration du revenu de solidarité active, une heure travaillée pouvait être taxée au-delà de 100 % en se traduisant par une baisse des prestations sociales plus forte que les revenus du travail. Nous reviendrons plus longuement sur ces mécanismes qui illustrent une indignation sélective sur ce que signifie la « confiscation ».

En décembre 2012, le juge constitutionnel a mis une borne au caractère confiscatoire de l'impôt, au détour d'une décision censurant le fameux impôt exceptionnel de 75 % sur les revenus excédant 1 million d'euros par an. Le motif principal de sa censure n'est certes pas le caractère confiscatoire, mais le fait que le système voté par le Parlement traitait de manière différente des ménages ayant les mêmes revenus totaux, bien que répartis différemment entre les conjoints : deux personnes qui gagnaient chacune 800 000 euros pour un revenu du ménage total de 1 600 000 euros n'auraient pas payé cet impôt alors que le ménage gagnant la même somme avec l'un des membres du foyer fiscal gagnant 1 400 000 euros et l'autre 200 000 euros devait l'acquitter.

Mais au passage le juge constitutionnel indique que l'impôt ne saurait excéder, au risque d'être confiscatoire, plus de 80 % des revenus. Les plus aisés se voient donc protégés et la notion de bouclier fiscal devient non plus seulement un argument politique mais un impératif juridique.

Dans ce contexte *quid* des plus pauvres qui peuvent voir la quasi-totalité de leurs gains supplémentaires annulés par des réductions de prestations sociales ? Si le raisonnement est économique, cette belle protection constitutionnelle devrait s'appliquer aux plus pauvres, souvent soumis à des taux de prélèvements qui peuvent se révéler confiscatoires.

À moins que la notion de prélèvements confiscatoires ne soit pas la même quand il s'agit de revenus gagnés (salaires ou produits financiers), de revenus de transferts. Dans ce cas, la double peine aurait encore de beaux jours devant elle.

V

L'urgence du bouclier sanitaire

Comme l'État, la Sécurité sociale sait pratiquer la double peine, à sa manière, et tout particulièrement à l'encontre des malades les plus modestes.

Les dépenses de l'assurance maladie progressent trop vite. Elles augmentent plus rapidement que les recettes, et que la richesse nationale. Depuis près de quarante ans et le début du ralentissement économique, on essaie de les modérer et les plans d'économie se succèdent : environ vingt-cinq depuis les années 1970 ! On a même baptisé « ticket modérateur » l'instrument inventé pour cela. De quoi s'agit-il ? Le ticket modérateur est la fraction de la dépense – la consultation, les médicaments, les examens – qui n'est pas prise en charge par la Sécurité sociale mais qui doit sortir de la poche du patient. Un ticket qualifié de modérateur, avec l'idée que, outre l'économie directe d'un taux de remboursement plus faible, cette participation aux frais va « modérer » la dépense. Derrière cela, se cache l'idée que le patient est en partie, voire en grande partie, responsable des dépenses inutiles de santé. Demandeur d'examens, nomade médical, consommateur de médicaments. Et quand tout est gratuit on abuse.

Le principe d'une « modération » poussée par le taux de remboursement ne va pas de soi. Elle ne fait pas la part entre une modération qui s'appliquerait aux soins et aux prescriptions inutiles et un renoncement à des soins pour des raisons financières. Par ailleurs, si le ticket modérateur est pris en charge par la couverture complémentaire (mutuelles, par exemple), il n'est pas perceptible par l'assuré. S'il n'est pas pris en charge, il devient un obstacle pour les patients les plus modestes.

Or, le ticket modérateur, qui a été augmenté à six reprises depuis sa création, n'est pas la seule participation dont doivent s'acquitter les patients. Il vient se rajouter à beaucoup d'autres dépenses non prises en charge, dont la liste s'est allongée au fil des ans. Prenons l'exemple du forfait hospitalier dont on comprend bien la logique : quand on est hospitalisé, on est nourri, logé. On fait donc l'économie de ses propres repas. Il ne paraît alors pas illégitime de demander une participation. Sauf que cette participation est de 18 euros par jour et que beaucoup de gens aux revenus modestes mangent pour moins tandis que les loyers ne sont pas suspendus pendant le séjour à l'hôpital. Autre cas : les 50 centimes par boîte de médicaments ; qu'est-ce que 50 centimes d'euros ? Comment n'oserait-on pas demander 50 centimes pour une boîte de médicaments à une personne qui va peut-être dépenser plusieurs euros pour un paquet de cigarettes ou pour une place de cinéma ? Est venu également se rajouter un forfait de 1 à 2,50 euros pour chaque consultation médicale, une franchise de 50 centimes par acte paramédical et de 2 euros pour tout transport sanitaire[1].

Tout cela s'additionne pour représenter en moyenne 20 % des dépenses de santé, soit environ 700 euros par Français et par an.

Une partie de ces dépenses est prise en charge par les mutuelles. Mais tout le monde n'est pas affilié à une couverture complémentaire. Et chaque fois que la Sécurité sociale transfère des dépenses sur les mutuelles, celles-ci augmentent les cotisations à due proportion : ce sont donc les assurés qui payent *in fine* cette participation.

Il y a certes la couverture maladie universelle, la CMU. Mais elle ne concerne pas toute la population en dessous du seuil de pauvreté. Quand elle a été créée, la limite a été fixée juste sous le minimum vieillesse. Délibérément, on a considéré que les personnes âgées qui n'ont pour vivre que le minimum du minimum étaient trop riches pour pouvoir bénéficier de la couverture maladie universelle et surtout trop nombreuses pour qu'on puisse leur financer cette protection. Elles doivent donc s'offrir une mutuelle. À 1 euro près par mois, on franchit le seuil qui donne droit à la couverture maladie universelle. Certes, on comprend qu'il faut une

1. Pierre-Yves Geoffard et Grégoire de Lagasnerie, « Réformer le système de remboursement pour les soins de ville, une analyse par microsimulation », *Économie et Statistique*, n° 455-456, 2012.

limite, parce que les finances publiques ne sont pas extensibles à l'infini.

Mais il y a encore pire. Les « restes à charge » peuvent être très importants pour certaines catégories de la population, et notamment pour celles qui ont les revenus les plus modestes. La participation aux soins, le reste à charge, peut dépasser 1 000 euros par an. Des économistes ont fait précisément les calculs sur chaque fraction de la population et les résultats sont édifiants.

Si on récapitule, dans notre système d'assurance maladie, censé organiser depuis le milieu du XXe siècle la solidarité entre malades et bien portants, les malades pauvres, lorsqu'ils n'ont pas la couverture maladie universelle, supportent des coûts plus élevés que le reste de la population. Soit l'inverse des principes qui ont présidé à la création de la Sécurité sociale. Ces chiffres sont prouvés, connus des spécialistes, aussi bien que des plus modestes, qui sont nombreux à devoir reconnaître qu'ils renoncent à des soins pour des raisons financières.

Il existe un moyen de résoudre ce problème grave : le bouclier sanitaire. Nous le défendons depuis plusieurs années et publiquement depuis mai 2007. Les conditions dans lesquelles j'ai été amené à prôner cette idée sont d'ailleurs assez amusantes.

Trois jours après mon entrée au gouvernement, je donne ma première interview radio, le matin, à France Inter, au micro de Nicolas Demorand. Mon titre de « haut commissaire », dans ce qui s'appelle alors un « gouvernement d'ouverture », aiguise la curiosité. Les dix minutes d'interview se passent bien. J'explique ma démarche, les raisons qui m'ont conduit à accepter ce poste et surtout à en négocier les contours, l'appellation, le contenu, les bornes et les ambitions. Après avoir été charcuté par Nicolas Demorand, j'ai l'impression d'avoir fait le plus dur. Ne reste plus qu'à affronter les questions des auditeurs. Eux, en général, ne cherchent pas à tout interpréter à l'aune de calculs politiques mais à vous demander ce que vous voulez et pouvez faire. Et l'un des auditeurs pose d'ailleurs une excellente question. Il a lu, sur mon blog, un billet publié une quinzaine de jours plus tôt, dans lequel je prenais position contre les franchises médicales, impliquant de demander à chaque patient, en plus de ce qu'il paye déjà une part non remboursable, 50 centimes ou 1 euro sur chaque boîte de médicaments, par exemple.

J'étais très fier du mauvais jeu de mots qui avait servi de titre à mon billet : « En matière de santé, la franchise, c'est de l'hypocrisie. » L'auditeur est bien renseigné et sa question est parfaitement ciselée : « Il y a quinze jours, vous dénonciez les franchises médicales. Aujourd'hui, vous êtes membre du gouvernement de Nicolas Sarkozy, qui a annoncé qu'il instaurerait un tel mécanisme. Avez-vous changé d'avis ou y êtes-vous toujours hostile ? » J'ai quelques secondes pour réfléchir. Dois-je éviter des remous et répondre que j'ai changé d'avis ou, ce qui revient au même, noyer le poisson dans une réponse emberlificotée ? Ou dois-je être fidèle à ce que j'ai écrit ? Ma décision est rapidement prise : je n'ai aucune raison d'avoir changé d'avis et je n'ai aucun motif de faire semblant et de prétendre le contraire. Après tout, ceux qui m'ont nommé connaissaient mes positions ou, sinon, n'avaient qu'à se renseigner ! Ma réponse est donc franche : « J'ai écrit mon hostilité il y a quinze jours. Je la redis aujourd'hui. Je n'ai pas changé d'avis sous prétexte que je suis entré au gouvernement. » C'est tellement simple à dire que cela ne me pose aucun problème et que je peux me concentrer sur les questions suivantes. C'est à la fin de l'émission que je comprends que ce qui s'est passé n'est pas anodin. Le président de Radio France en personne et le directeur de France Inter sont venus me saluer. Cela doit être le privilège des membres du gouvernement, car tel n'était pas le cas, lors de mes passages précédents. Ils m'accueillent d'un « Quel courage ! » avec la mine qu'on prend à l'égard d'un malade qui va entrer en unités de soins intensifs. « Où est le courage ? » demandé-je. Ils m'expliquent que je viens d'affirmer une dissonance qui va faire du bruit. Ils connaissent bien le milieu, mieux que moi. Effectivement, une dépêche titre peu après sur « Le premier désaccord au sein du gouvernement ». Cela ne m'émeut pas. Je préfère ce titre à « Premier reniement au sein du gouvernement ». Mais je me dis qu'on ne peut pas en rester à manifester son désaccord. Il faut proposer autre chose. Qu'on ne s'y méprenne pas, je ne suis pas hostile à la maîtrise des dépenses de santé. Je suis hostile aux mauvaises solutions. De retour au bureau, j'en discute avec Étienne Grass[1].

Vif comme à l'accoutumée, celui-ci me sort un article de droit social qu'il a cosigné avec deux autres personnes prônant un bouclier sanitaire. Voilà la belle alternative aux franchises. Nous rédigeons une note de proposition et profiterons d'une autre interview pour la mettre sur la table. Dès lors je défends cette position, obtenant une réunion interministérielle sur le sujet, puis l'accord pour que deux experts soient chargés d'étudier la faisabilité de cette solution. Au passage, précisons que le premier à approuver l'idée est le premier secrétaire du Parti socialiste de l'époque, François Hollande : « L'idée mérite d'être considérée et d'y réfléchir » et qu'il peut être justifié de « faire des nuances selon les revenus »[2].

L'idée du bouclier sanitaire est la suivante. Puisque l'assurance maladie ne rembourse pas à 100 %, il reste une part des dépenses de chaque malade à sa charge. Cette part dépend du nombre de fois où il a recours au système de soins, donc augmente s'il est plus malade, mais dépend aussi du type de soins, du type de pathologie. Certaines maladies, dites affections de longue durée, sont mieux couvertes, prises en charge à 100 %. Mais des patients peuvent être couverts à 100 % pour une maladie, pas pour une autre. De même, selon les

1. Étienne Grass, après avoir été directeur adjoint de mon cabinet dans un gouvernement Sarkozy, deviendra directeur de cabinet de la porte-parole du gouvernement de François Hollande.

2. Déclaration de François Hollande sur RMC le 27 juin 2007 (citée par le magazine *Challenges*).

soins, les prises en charge diffèrent, en application de règles complexes qui rendent imprévisible la partie à débourser de sa poche. En voici la preuve. Nous avons intentionnellement laissé ce passage édifiant dans les termes utilisés par les experts pour en montrer la complexité :

« Les différences de base de calcul de la participation de l'assuré peuvent entraîner des niveaux très différents de ticket modérateur facturé. L'absence d'un acte en K50 ou supérieur à 91 € entraîne un niveau de TM très supérieur. Par ailleurs, le calcul du TM sur les TJP dans les hôpitaux entraîne des niveaux de RAC plus élevés qu'en clinique à séjour équivalent. À titre d'exemple pour des séjours en hôpital public, le SG du HCAAM a calculé que, pour un cas type de séjour en médecine correspondant à une hospitalisation de 8 jours, le TM d'un assuré non exonéré sera de 1 778 €, pour une base de remboursement de 8 890 € (7 jours de TJP à 1 270 € par jour) et un tarif de GHS de 4 401,30 €. En revanche, pour une hospitalisation de 4 jours en chirurgie avec acte en K50, le TM sera plafonné à 18 € alors que la base de remboursement était de 3 810 € (3 jours de TJP à 1 270 € par jour) et le tarif du GHS de 2 646,20 €[1]. »

Traduit en français, cela signifie la chose suivante : un patient doit subir une intervention chirurgicale qui demande une hospitalisation de quatre

1. Rapport 2011 du Haut Conseil pour l'avenir de l'assurance maladie.

jours. S'il n'a pas de mutuelle, il devra s'acquitter d'une facture de 18 euros. Si, en revanche, il doit faire un séjour d'hospitalisation de huit jours sans intervention chirurgicale, il sortira avec une note de près de 1 800 euros !

Récemment, deux économistes ont publié un article qui redonnait une belle actualité au bouclier sanitaire[1]. Les auteurs de l'étude ont calculé précisément la répartition de ce qui demeure à la charge des malades : la double peine est indéniable. Ils proposent une manière élégante de combiner franchises et bouclier sanitaire, les premières étant rendues supportables grâce au second.

Le montant annuel du ticket modérateur, uniquement pour les soins de ville, c'est-à-dire sans prendre en compte l'hôpital, est en moyenne, pour les patients sans affections de longue durée, de 181 euros, et, pour les patients qui en sont atteints, de 285 euros, avec des disparités considérables : pour 5 % de la population, le ticket est supérieur à 611 ou 839 euros ou, pour 10 % de la population, il est supérieur à 448 ou 843 euros…

Et c'est là où nous entrons de manière fracassante dans la double peine : « Si on se concentre sur le premier et le dernier décile de revenu, on constate que pour 10 % des assurés du premier décile, la participation financière annuelle dépasse 8,2 % du

1. Pierre-Yves Geoffard et Grégoire de Lagasnerie, « Réformer le système de remboursement pour les soins de ville, une analyse par microsimulation », art. cité.

revenu contre 0,66 pour le dixième décile. » La sentence des chercheurs est claire : « Les tickets modérateurs annuels peuvent s'avérer excessivement élevés pour les ménages les moins aisés, bouleversant le “pacte de 1945” à l'origine de la Sécurité sociale selon lequel chacun contribue au financement des soins selon ses moyens. »

Ce qui est proposé, c'est donc un plafonnement des dépenses sortant de la poche des malades. L'idée est simple. Prenons deux assurés dont l'un a des revenus de 10 000 euros par an, l'autre de 40 000 euros par an. S'ils doivent aller dans l'année quinze fois chez le médecin, ils peuvent devoir un ticket modérateur de 120 euros pour les consultations et, s'ils doivent acheter quatre boîtes de médicaments par mois, atteindre les 50 euros de franchise et, s'ils ont de surcroît besoin d'une ambulance deux fois par mois pour des soins, à nouveau 50 euros pour les transports sanitaires. Bref, ils peuvent devoir faire face à 220 euros de leur poche, soit 2,2 % des revenus de l'un, et 0,55 % des revenus de l'autre. Si le plafond est fixé à 1,5 % des revenus, le premier patient récupérera 70 euros et, en cas de consultation supplémentaire, il ne versera pas de ticket modérateur, alors que le second payera bien le ticket de 220 euros, pour un pourcentage de ses revenus très faible.

Bien évidemment, la mise en place d'un plafond, toutes choses égales par ailleurs, provoque une dépense supplémentaire pour l'assurance maladie, en améliorant le taux de prise en charge de certains patients. Or, nous ne sommes pas à une époque où l'on peut exiger davantage d'une Sécurité sociale déjà en déficit. Comment faire des économies équivalentes ?

Lorsque nous avons défendu l'idée du bouclier sanitaire en 2007, nous avions proposé de supprimer les affections de longue durée, c'est-à-dire la possibilité d'être pris en charge à 100 % pour certaines maladies. Notre idée n'était pas de pénaliser les grands malades, mais de dire que cette prise en charge s'appliquait indifféremment à des malades qui en avaient grand besoin avec des revenus modestes et à d'autres qui pouvaient prendre en charge le ticket modérateur. Ceci avait suscité un tollé sur le thème : « Ce sont les grands malades qui vont faire les frais de la réforme. »

Les auteurs de l'étude proposent l'alternative qui consiste à créer une franchise proportionnelle aux revenus, c'est-à-dire une somme en deçà de laquelle le patient n'est pas remboursé, ni par l'assurance maladie, ni même par la mutuelle. Si cette franchise est de 0,5 % des revenus, on voit dans notre exemple précédent que nos deux patients pourront payer 50 euros de leur poche pour l'un, 200 euros pour l'autre, sans toucher le moindre remboursement par exemple pour deux consultations pour le premier patient et pour six consultations et des médicaments ordinaires pour le second. Au-delà de cette somme, le mécanisme du plafond jouerait dans les conditions que nous avons décrites.

Cette franchise serait plus juste que le ticket modérateur, car limitée à une fraction faible du revenu et proportionnelle à ses revenus. Le scénario proposé par Pierre-Yves Geoffard et Grégoire de Lagasnerie permet, pour les 10 % les plus pauvres, de faire passer le « copaiement », c'est-à-dire les dépenses qui sortent de leurs poches, en moyenne de 3,5 % de leurs revenus à 1,6 %, c'est-à-dire de leur « rendre » 2 % de leurs revenus. Autrement dit, il est possible, sans dépenses publiques supplémentaires, en introduisant plus d'équité dans l'assurance maladie, d'augmenter de 2 % le pouvoir d'achat, en moyenne, des 10 % les plus modestes. Certes, rien ne se perd, rien ne se crée, cela signifie que la facture d'une partie des assurés, ceux qui constituent la moitié aux revenus plus élevés, augmenterait, mais cette augmentation serait marginale, puisqu'elle se limiterait à 60 euros en moyenne.

Voilà une réforme particulièrement efficace sur la double peine, neutre pour les finances publiques, indolore pour la majorité de la population concernée par une franchise légèrement plus élevée, bénéfique pour les 20 % les plus modestes tant sur leur accès aux soins que sur leur niveau de vie.

Mais qui défendra ce point de vue ? Nous imaginons déjà les lecteurs de ce chapitre un peu perdus dans la technicité et les développements qu'il nous a fallu faire pour défendre ce raisonnement. On imagine mal la population descendre dans la rue pour réclamer le bouclier sanitaire. Visiblement, ce sujet n'a pas passionné les parlementaires jusqu'à présent. Pourquoi la plupart des pays européens ont-ils adopté un tel système, avec différentes variantes, et la France ferait-elle payer son conservatisme aux plus faibles ?

C'est un des drames français qui joue contre les plus pauvres. Nous nous drapons dans nos grands principes et dans notre conviction que nous avons le meilleur système au monde et que nous sommes les champions de la solidarité, mais préférons la solidarité théorique, formelle et coûteuse à la solidarité pragmatique et réelle. Une fois de plus ce sont les plus modestes, sans défense, non organisés, sans voix qui en font les frais, au sens littéral du terme.

VI

Effet d'optique sur la double peine

En mai 2013, la revue *Que choisir* publiait une enquête sur le coût des lunettes qui connaissait un certain retentissement[1].

Elle rappelait une étude récente[2] selon laquelle 2,3 millions de personnes déclaraient ne pas porter de lunettes ou ne pas les renouveler pour des raisons financières. Le coût moyen d'une paire de lunettes varie entre 275 euros (pour des verres unifocaux) et 550 euros (pour des verres progressifs, nécessaires dès qu'on souffre de presbytie, ce qui est le cas en général à partir d'un certain âge). Sur ce montant, l'assurance maladie ne rembourse que 6 % du total, soit une vingtaine d'euros. La seule exception concerne, cette fois, les plus bas revenus, ceux qui bénéficient de la couverture maladie universelle avec la possibilité d'avoir une paire de lunettes gratuite.

Cela fait longtemps que le meilleur rembour-

1. *Que choisir*, n° 514, mai 2013.
2. Menée par l'Institut de recherche et documentation en économie de la santé, 2010.

sement de l'optique (comme des soins dentaires d'ailleurs) figure dans les catalogues des engagements électoraux au chapitre des promesses jamais respectées.

Les organismes complémentaires (comme les mutuelles) couvrent une partie de ces dépenses. On estime qu'elles le font à hauteur de près de 2 milliards et demi d'euros sur un total de 5 milliards. Cette protection a un coût, intégré dans les primes d'assurance, sans pour autant, à quelques exceptions près, que ces organismes complémentaires aient un impact à la baisse sur le coût des lunettes, à qualité équivalente.

Pour une fois, les très très pauvres se trouvent dans une situation moins désavantageuse : la couverture maladie universelle inclut une paire de lunettes gratuite. Mais l'effet de seuil est redoutable : 1 euro de plus et l'accès à la CMU est fermé. Il faut alors à la fois payer soi-même sa mutuelle et payer la différence entre le coût réel des lunettes et la part qu'elle rembourse. Certes, il existe pour certaines tranches de revenu, au-dessus du revenu plafond, une aide financière permettant de financer une partie du coût de la mutuelle. Cependant elle laisse quand même les personnes concernées face à des dépenses qu'elles ne peuvent pas toujours assumer. Il faut dire que le plafond de la couverture maladie universelle a été fixé, à dessein, en dessous du montant du minimum vieillesse. En conséquence, sauf exception, aucune personne de plus de 60 ans ne peut bénéficier de la couverture maladie universelle.

Pour des personnes dont le revenu peut être inférieur à 1 000 euros, même couvertes par une mutuelle, la somme à sortir de leurs poches pour obtenir des lunettes à verres progressifs s'élève à environ 300 euros !

C'est ce constat qui a conduit Essilor à nous proposer de monter un programme spécifique pour répondre à la demande des centaines de milliers de personnes concernées. Comme le montre l'enquête de *Que choisir*, le coût élevé des lunettes n'est pas uniquement la répercussion du coût de fabrication des verres et des montures, mais résulte de la somme des coûts et des marges des différents acteurs. L'idée d'Essilor était donc de demander à chacun un effort sur la marge pour réduire le reste à charge et le ramener de 300 euros à un maximum de 70 euros.

Ce projet, appelé « Optique Solidaire » présente plusieurs originalités.

La première est de faire baisser le prix sans modifier la qualité. Il s'agit de la même qualité de verre que ceux qui équipent des lunettes payées au prix fort. Quant aux montures, certes le choix est plus limité, mais elles ne ressemblent pas pour autant aux fameuses « lunettes Sécurité sociale ». On reviendra sur les conditions de fabrication de ces montures, car c'est un des points stratégiques de ce programme.

La deuxième originalité est de faire participer

tous les acteurs de la chaîne, et d'une chaîne compliquée. Puisqu'il y a un problème sur le coût des lunettes, il est facile à chacun d'en faire porter la responsabilité à l'autre ou aux autres. Les uns incriminent les opticiens qui doivent prendre des marges élevées pour vivre, tant ils sont nombreux. Les autres, les verriers, notamment Essilor, majoritaire sur le marché. Les uns et les autres pouvant accuser les mutuelles d'utiliser, comme les en accuse *Que choisir*, les lunettes comme produit d'appel, et donc, de laisser monter les prix pour justifier la protection qu'elles apportent à leurs adhérents.

Créée en 2011, l'association Optique Solidaire[1] réunit autour de la table des représentants de tous les acteurs ; verriers, lunetiers, opticiens, mutuelles, ophtalmologistes, qui tous réalisent un effort. Essilor donne l'exemple en ne s'octroyant aucune marge, mais en facturant les verres à leur coût marginal de production. Les opticiens réduisent considérablement leur marge par rapport à celles pratiquées pour ce type de lunettes. Les ophtalmologistes acceptent de ne pratiquer aucun dépassement d'honoraires. Les mutuelles et assurances complémentaires s'occupent de proposer cette offre à tous leurs adhérents correspondant aux critères d'éligibilité.

La troisième originalité est que le programme fonctionne sans aucune intervention des pouvoirs

1. Se reporter au site : http://www.optiquesolidaire.fr. L'auteur participe au conseil d'administration en qualité de président de son comité d'éthique.

publics, par la libre volonté d'acteurs économiques et de professionnels, qui n'ont eu besoin d'aucune dérogation, d'aucune autorisation, d'aucune subvention, d'aucun passe-droit pour qu'il puisse démarrer.

Ce programme a un peu plus d'un an d'existence. Au bout d'un an, il avait pu concerner environ 1 500 personnes, loin de la cible totale potentielle qui peut être de plus de 100 000 personnes. L'une des raisons de cet écart, c'est que beaucoup de mutuelles ne sont pas à ce stade partie prenante du programme. Crainte de concurrencer leurs propres efforts ? de disperser leur réseau ? de s'allier avec un grand fabriquant de verres, membre du CAC 40 ? ou d'être associé à un programme ciblé sur les revenus les plus modestes, quand leurs adhérents couvrent tout l'éventail des revenus ? Probablement un peu de tout cela, dans un contexte particulièrement compliqué compte tenu des enjeux.

La quatrième originalité, c'est le « *made in France* ». Contrairement à ce qui se passe habituellement, prix bas ne rime pas avec délocalisation. Au contraire, alors que 90 % des montures commercialisées en France sont fabriquées en Chine et en Inde, 100 % des montures du programme Optique Solidaire, comme les verres d'ailleurs, sont fabriqués en France.

Ce fut une surprise de taille : il était possible d'atteindre un prix plus faible par une fabrication française. L'explication tient au modèle économique. Dans le fonctionnement traditionnel, chaque maillon de la chaîne applique un taux de marge par un coefficient multiplicateur de son prix d'achat. Si ce coefficient est de 2,5 et qu'il y a deux intermédiaires, une monture sortie 10 euros d'une usine chinoise atteindra avec la TVA le prix de 75 euros. Une monture sortie 20 euros d'une usine française, 150 euros. Dans un cas, elle procure une marge de 65 euros, dans l'autre, une marge de 130 euros. Si l'on renonce aux facteurs multiplicateurs en gardant une même marge de 65 euros aux deux montures, l'écart final de prix reste l'écart initial de sortie d'usines, soit 10 euros, différence facilement absorbable.

Le fait de ne plus chercher à maximiser le profit à chaque étape, mais de viser une offre sociale avec une coopération entre tous les acteurs de la chaîne, permet donc simultanément de réduire le coût pour le consommateur et de fabriquer en France et de soutenir l'emploi.

VII

Salaire minimum, pauvreté maximale ?

Qui veut réduire la pauvreté doit être favorable à une augmentation du salaire minimum. *A priori*, le sujet souffre peu de discussions. Difficile de vivre, notamment dans les grandes villes, avec un SMIC. D'ailleurs, si pour une personne seule, le SMIC est légèrement au-dessus du seuil de pauvreté, il suffit pour un ou une salariée au SMIC, même à plein temps, d'avoir une personne à charge pour basculer dans la catégorie des pauvres, selon la définition statistique de la pauvreté.

Il y a bien des employeurs, et des économistes, pour faire valoir qu'une augmentation du SMIC renchérit le coût du travail, et donc est mauvais pour la compétitivité et pour l'emploi. Mais n'est-ce pas une vision libérale de la société et une volonté des entreprises de faire plus de profit en payant le moins possible leurs salariés ?

Cependant, quelque chose dérange quand même cette logique. « La distribution des revenus du travail est plus inégalitaire en France où le salaire minimum est élevé que, par exemple, dans les pays scandinaves où il n'y a pas de salaire minimum légal », nous apprend le Conseil d'analyse économique. L'Allemagne constitue une exception notable, sans salaire minimum, avec un taux de pauvreté élevé.

Comment l'existence et le niveau d'un salaire minimum pourraient-ils participer à la double peine et se retourner contre les plus modestes ?

Première surprise. Quand le SMIC augmente de 1 %, le revenu du smicard n'augmente pas dans les mêmes proportions. Il existe depuis 2008 une commission d'experts chargée d'éclairer les pouvoirs publics sur l'évolution du salaire minimum. Son diagnostic est clair : « L'augmentation du revenu disponible qui résulte d'une hausse de 1 % du SMIC est très faible. » Il est précisé qu'elle est nulle pour une personne travaillant à mi-temps ou un couple vivant sur un salaire. Dans d'autres cas, l'augmentation de revenu est de 0,2 à 0,3 % soit… 3 euros par mois ! Donc, l'effet d'une augmentation du SMIC est peu efficace en général et nulle sur les foyers dont les revenus sont les plus faibles. Ceci s'explique notamment par le fait que plusieurs prestations sociales (RSA, aides au logement) dépendent du niveau de salaire et diminuent quand le salaire augmente, même légèrement.

Deuxième surprise : les augmentations du SMIC ne diminuent pas, ou plus exactement ne diminuent plus, le nombre de salariés pauvres. Entre 2003 et 2005 sont intervenues les plus fortes augmentations du SMIC depuis 1981, quand François Mitterrand avait marqué l'arrivée de la gauche au pouvoir après vingt-trois ans d'opposition par une forte hausse du SMIC. En 2003, l'augmentation du SMIC se fait dans un tout autre contexte. Il s'agit de tenir compte du passage aux 35 heures et d'éviter que le maintien au même niveau du SMIC horaire se traduise par des revenus mensuels plus faibles. Pendant ces années, le nombre des travailleurs pauvres augmente sensiblement. Tant et si bien qu'on compte, parmi les personnes d'âge actif, autant de pauvres qui travaillent que de pauvres sans emploi ! La raison en est simple. Le marché du travail réagit en augmentant les temps partiels subis et, dans un contexte de précarité de l'emploi, le coup de pouce au SMIC voit son effet neutralisé par l'alternance de périodes travaillées et de périodes chômées.

La troisième surprise est également de taille. On pourrait penser que le coût de la hausse du SMIC est supporté par les entreprises qui emploient les salariés payés au salaire minimum. Et que cela ne coûte rien à l'État, si ce n'est pour les rares fonctionnaires payés au niveau du SMIC. Or, l'augmentation du SMIC n'entraîne pas seulement des coûts salariaux, mais aussi des coûts budgétaires, ce que l'on sait moins. C'est, en effet, parce que le SMIC est plus élevé que les bas salaires bénéficient d'allégements de charges sociales, compensées par l'État auprès de la Sécurité sociale. On peut donc dire que l'État paye une partie du revenu salarial de ceux qui ont les salaires horaires les plus bas. « Un coup de pouce de 1 % augmente mécaniquement le coût brut des allégements de cotisations sociales d'environ 3 % », indique la commission d'experts.

Si on résume : l'augmentation du SMIC, au-delà du niveau de l'inflation, n'a pas d'impact sur la pauvreté, ne réduit pas le nombre de travailleurs pauvres, coûte à l'État et peut en plus entraîner du chômage !

Attention ! Cela ne veut pas dire que le salaire minimum est mauvais en soi. La situation serait certainement bien pire s'il n'existait pas ou si on le remettait en cause. Cela ne veut pas dire non plus que ce que nous venons de décrire se révèle vrai dans n'importe quel contexte. Rappelons-le : la création du SMIC, puis ses augmentations pendant les Trente Glorieuses, ont beaucoup contribué à sortir des salariés de la misère et à augmenter leur pouvoir d'achat. Encore en 1981, les augmentations du SMIC ont eu un effet positif pour ceux qui en ont bénéficié.

On peut même, sans se contredire, être réservé sur des coups de pouce au SMIC en France, et favorable à la création du salaire minimum en Allemagne comme il en est enfin question.

Dans un pays donné ou à un moment précis, une augmentation du SMIC peut avoir un effet sur la pauvreté. En France, pendant longtemps, l'existence d'un SMIC a empêché la dérive vers des travailleurs pauvres, contrairement à ce qui se passait dans d'autres pays.

En Allemagne, aujourd'hui, il est logique que le débat se cristallise sur la création d'un salaire minimum, qui fait cruellement défaut. Ce pays a un salaire moyen plus élevé que celui que l'on trouve en France tout en ayant davantage de travailleurs pauvres, payés à un salaire horaire inférieur au minimum de branche et au salaire minimum légal de France. La création d'un salaire minimum y aurait un effet sur la pauvreté, même s'il pourrait également avoir un effet négatif sur l'emploi, mais susceptible d'être peu marqué dans un pays qui a réussi à avoir un taux de chômage bas et donc un marché du travail plus équilibré.

En France, si les augmentations du SMIC n'ont plus d'effet sur la pauvreté et la pauvreté au travail, c'est que la référence à un emploi stable à plein temps est moins générale, moins fréquente qu'auparavant, et est même devenue l'exception pour certaines catégories de la population active, à commencer par les jeunes. On peut, on doit même le déplorer, mais on ne peut résoudre ce problème par des augmentations du SMIC, déconnectées de tout effet réel. Les ajustements par la précarité sont de plus grande ampleur que l'effet d'une revalorisation du SMIC et il est, par conséquent, difficile de mesurer si cette revalorisation a plus d'effets positifs que d'effets négatifs sur l'ensemble des salariés.

Il est peu probable que cette situation change dans les années qui viennent, notamment à horizon de cinq ans. Le SMIC ne peut donc être considéré comme un levier efficace de lutte contre la pauvreté. Et d'éventuelles revalorisations, si elles avaient lieu, auraient probablement davantage d'effets négatifs sur les salariés que d'effets positifs.

C'est ce qui a pu conduire à trouver des alternatives, comme l'encouragement aux heures supplémentaires, qui s'est révélé cependant contre-productif à un moment d'augmentation du chômage, avec cette contradiction consistant à pousser aux heures supplémentaires tout en tentant de relancer un système de chômage partiel, ce qui est la preuve d'une schizophrénie rare.

C'est aussi la raison de l'intérêt des revenus extra-salariaux de soutien aux salariés les plus modestes, comme la prime pour l'emploi puis le revenu de solidarité active.

Ainsi que le montrent les économistes : « Le salaire minimum a augmenté en termes réels, de 7 % de 1999 à 2012. Dans le même temps le pouvoir d'achat d'un célibataire au SMIC à mi-temps a crû de 38 % et de 29 % pour un couple avec deux enfants comprenant un seul actif au SMIC à temps complet. Les transferts sous la forme de la PPE et du RSA ont représenté dans ces deux cas environ 75 % de la croissance du revenu disponible sur la période. »

À la lecture de ces lignes, on s'étonne de l'entreprise de démolition conjointe de la prime pour l'emploi et du revenu de solidarité active. Comme si les démons français étaient encore à l'œuvre, avec le syndrome perpétuel de Pénélope, à détricoter ce qui a été tricoté, une maille à l'endroit, une maille à l'envers, jusqu'à ce que l'habit ne soit plus portable !

En agissant ainsi, on crée de la pauvreté au lieu de la réduire !

VIII

Le revenu de solidarité active à la peine !

La naissance du RSA est intimement liée à une modalité perverse de la double peine : le fait que les plus modestes pouvaient se voir taxés à 100 % pour leur travail. Ils n'avaient pas de bouclier fiscal, eux ! Un effet qui peut aussi être qualifié de « trappe à inactivité ».

La création du revenu minimum d'insertion en 1988 avait pourtant représenté un indéniable progrès social. Jusqu'alors certaines personnes pouvaient se trouver sans aucune ressource, dépendantes de la charité publique ou privée.

Le RMI ouvrait donc un droit nouveau à une garantie de revenu, quasi universelle, la seule exception étant les jeunes de moins de 25 ans, lorsqu'ils n'ont pas de charges de famille. Le montant du RMI fut alors fixé à 2 400 francs[1], ce qui correspondait environ à 60 % du SMIC. L'idée avait été défendue par le père Wresinski, qui après avoir

1. Environ 370 euros.

quitté le mouvement Emmaüs avait fondé ATD Quart Monde et écrit un rapport sur la pauvreté en 1987. Elle avait été adoptée par certains élus, de droite comme de gauche, qui expérimentaient l'idée à Besançon et en Ille-et-Vilaine. François Mitterrand en avait fait un engagement important de sa campagne de réélection en 1988.

Il faut dire que l'opinion publique était particulièrement choquée par ce qu'on appelait les « nouveaux pauvres ». Alors que la pauvreté avait constamment régressé, on constatait la résurgence de phénomènes de pauvreté, particulièrement visibles avec de nombreux SDF à Paris.

La naissance du RMI donna, déjà, matière à un débat enflammé sur l'assistanat. Si la droite, opposition d'alors, vota en faveur de cette réforme, ce fut après avoir exprimé les plus vives réserves sur le risque d'enfermer une partie de la population dans l'assistance. D'où l'adjonction du mot « insertion » à ce revenu minimum et des engagements fermes d'assortir le droit au revenu minimum d'une obligation, formalisée par un contrat, de faire des efforts pour « s'insérer ».

Le RMI est conçu comme un revenu différentiel. Toute personne au-delà de 25 ans, dont les ressources étaient inférieures à un certain montant, de 0 euro à 450 euros, recevait une allocation dont le montant permettait de combler la différence. Pour la plupart, le progrès était considérable, passant de l'aumône et quelques subsides octroyés de manière irrégulière, à un vrai revenu. Pour d'autres, l'amélioration était moins nette. Ainsi, une personne qui travaillait un quart de temps, pour un revenu de 250 euros par mois, recevait une allocation de 200 euros. Elle se retrouvait donc avec le même montant de ressources que si elle ne travaillait pas ! Pour les plus précaires, le travail était gratuit, au lieu d'être rémunérateur. Pire, en réalité : car il y a forcément des dépenses liées au travail, ne serait-ce que le coût des déplacements, parfois celui de la garde d'un enfant. Notre pays avait donc inventé un système qui conduisait les plus pauvres à perdre de l'argent pour travailler ! Si ce n'est pas le comble de la double peine, c'est à se demander comment qualifier cette cruauté !

Au début, ce n'était pas si important que cela, car les premières années, les allocataires du RMI étaient, dans leur grande majorité, des personnes si marginalisées que la question de leur retour à l'emploi se posait assez rarement. Mais au fur et à mesure de la montée en charge du RMI, de plus en plus nombreux étaient ceux et celles qui heureusement pouvaient retrouver un travail, en général cependant très mal payé, précaire et à temps partiel. Le caractère inique de cette situation aurait dû sauter aux yeux. Il fallut cependant attendre le dixième anniversaire du RMI pour que cette perversion soit partiellement corrigée par un intéressement temporaire : c'est-à-dire le maintien du RMI les trois premiers mois puis de la moitié de son montant dans la limite d'un an.

Mais cette correction était loin de régler tous les problèmes et elle en créait d'autres. D'abord, le soulagement pour ceux qui reprenaient un emploi n'était que de courte durée. Un an plus tard, ils se retrouvaient dans la situation précédente après avoir entrevu l'espoir de s'en sortir. Ils n'avaient eu droit qu'à la minute supplémentaire accordée par le bourreau, sans que celui-ci renonce à accomplir son office ! En revanche, pendant la période couverte par l'intéressement, certains salariés se trouvaient avec des ressources plus élevées que d'autres, travaillant dans les mêmes conditions mais sans avoir connu de période au RMI. Cela donnait le sentiment qu'il valait mieux « passer par le RMI » et cette situation nourrissait le ressentiment qui ne demande qu'à s'exprimer contre l'assistanat et les assistés. Entre 1998 et 2008, les gouvernements cherchèrent des astuces pour remédier à ces travers. C'est ainsi, notamment, que fut créée une éphémère « prime de retour à l'emploi », qui n'avait rien à voir avec la « prime pour l'emploi » (quel pays quand même !), mais qui consistait à donner 1 000 euros à la personne, quatre mois après sa reprise d'emploi. Si vous aviez un CDD de trois mois, pas de chance pour vous ! Et certains avaient intérêt financièrement à s'arrêter après quatre mois, pour refaire une période de chômage et reprendre ensuite un nouvel emploi pour déclencher à nouveau la prime de 1 000 euros !

Si on résume, les plus modestes se trouvaient dans une situation paradoxale par rapport au travail : quand se discutait le maximum de l'imposition marginale pour les plus aisés, eux étaient confrontés à un prélèvement supérieur à leurs gains. Plusieurs situations iniques coexistaient : certains perdaient de l'argent en retravaillant, d'autres ne gagnaient pas plus en travaillant que ceux qui ne travaillaient pas, une troisième catégorie travaillait en en tirant moins de ressources que leurs collègues, à travail et salaire égaux. Beaucoup, enfin, voyaient leurs revenus diminuer un an après leur reprise d'emploi ! Et pendant ce temps-là, le nombre de travailleurs pauvres continuait allègrement à augmenter, favorisé par le temps partiel subi, la précarité, le maintien au SMIC malgré des années d'ancienneté.

On le voit, nul besoin de porter un jugement moral sur les personnes les plus modestes pour avoir envie de mettre fin à une telle engeance. En réalité, tous les pays qui ont adopté le principe d'un revenu minimum, comme un élément du pacte social, sont confrontés au même problème : cette « trappe » qui est à la fois une « trappe à inactivité » et une « trappe à pauvreté » empêche certains de travailler pour ne pas perdre de l'argent. D'aucuns contestent ce phénomène en considérant qu'il est insultant pour les pauvres, car il sous-entend que leur comportement au regard du travail serait dicté par un intérêt financier.

Cette position, bien portée dans une certaine frange de la gauche, me semble le comble du mépris pour les plus modestes. Pour ne pas les stigmatiser on maintiendrait des systèmes qui font perdre de l'argent à ceux qui reprennent du travail ? Comme si les plus modestes devaient se voir interdire des motivations qui sont reconnues à l'ensemble de la société. J'aimerais bien savoir quel serait le comportement de ces universitaires, si on leur proposait de faire le même travail en contrepartie d'allocations chômage, ou si on augmentait leurs obligations de cours sans les payer en heures supplémentaires. Ils seraient les premiers à s'insurger contre la dévalorisation de leur propre travail ! Et au nom de bons sentiments, ils prônent pour les pauvres l'inverse de ce qu'ils revendiquent pour eux-mêmes ! Le paradoxe, c'est qu'ils rejoignent, involontairement je suppose, le camp de ceux qui préconisent le travail gratuit en contrepartie des minima sociaux !

Il faut dire que le « RSA bashing » est un sport à la mode. Défendre le revenu de solidarité active s'apparente, du coup, à une gageure.

Pourtant, les experts ont montré trois réalités positives. Depuis l'instauration du revenu de solidarité active, le risque de perdre de l'argent en reprenant du travail a été nettement réduit[1]. Le revenu de solidarité active, conjugué avec la prime pour l'emploi, a contribué pour les trois quarts à l'augmentation du niveau de vie des plus pauvres[2] et aucun effet pervers n'a été mis en évidence sur la précarité de l'emploi et un écrasement du niveau des salaires[3].

Tout cela n'a pas empêché le déchaînement.

1. Denis Anne et Yannick L'Horty, « Aides sociales, RSA et gains du retour à l'emploi », *Économie et Statistique*, n° 480-481, 2009.

2. Rapport du groupe d'experts sur le SMIC.

3. Rapport du Comité d'évaluation indépendant sur le revenu de solidarité active.

Un matin, j'eus la surprise d'entendre à la radio, à une heure de grande écoute, un reportage expliquant que je reconnaissais moi-même que le revenu de solidarité active était un fiasco. Le journaliste ne m'avait pas interrogé, mais il aurait « entendu dire » par une tierce personne que c'était ce que je pensais. Je n'ai pas obtenu de droit de réponse à l'antenne…

La curée a commencé peu de temps après sa création : un ex-secrétaire d'État à l'Emploi, se présentant pourtant comme le héros de « la droite sociale », pourfendait le « cancer de l'assistanat », faux chiffres à l'appui : selon lui, à configuration familiale équivalente, le revenu de solidarité active permettait à des familles inactives de gagner plus que des familles où l'on avait un emploi. L'attaque était d'autant plus surprenante que le même, alors député, avait siégé dans la commission que je présidais et qui a inventé le revenu de solidarité active, vantant dans un livre[1] cette formidable idée qui réconciliait le travail et la solidarité, au-delà des clivages politiques, avec un enthousiasme rare. J'aurais tendance à rappeler amicalement à Laurent Wauquiez ce conseil de Talleyrand : « Méfiez-vous de la première impression. Elle est souvent la bonne. »

J'ai longtemps cherché à comprendre ce retournement. Son soutien à l'idée cessa brutalement

1. Laurent Wauquiez, *Un huron à l'Assemblée nationale. Petit manuel à l'intention de ceux qui veulent secouer la politique*, Éditions Privé, 2006.

le jour où, nommé secrétaire d'État à l'Emploi, je lui rappelai que la commission à laquelle nous avions appartenu tous les deux avait prévu que les allocataires du revenu de solidarité active devraient être inscrits au service public de l'emploi, l'ANPE, devenu le Pôle emploi dont il avait la tutelle. Je me souviens l'avoir vu pâlir. Nous étions quelques mois avant le début de la crise des subprimes, et son espoir d'alors était de faire baisser le chômage. Inscrire de nouveaux demandeurs d'emploi n'entrait pas dans son plan de carrière ! Il faut dire, à sa décharge, que ses prédécesseurs avaient eu la même réticence, ce qui explique des discussions sans fin sur la validité des statistiques du chômage au regard de la réalité du sous-emploi.

Je me suis retrouvé depuis lors face à un pourfendeur implacable du revenu de solidarité active, œuvrant de toutes ses forces pour en minimiser les effets, dans des conditions qui nous plaçaient à front renversé : personnalité de gauche dans un gouvernement de droite, je militais pour l'inscription des allocataires du RSA comme demandeurs d'emploi et pour qu'ils soient soumis aux mêmes droits (comme celui à la formation) et aux mêmes devoirs (comme celui de ne pas refuser deux offres valables d'emploi) que les autres chômeurs[1]. En face,

1. Si j'ai défendu et défends toujours cette position, ce n'est pas parce que je pense que les allocataires « profitent » du système, c'est parce que je sais qu'il est, en réalité, rarissime que ce cas de figure se produise et qu'ils se trouvent à refuser deux offres valables d'emploi. Il est beaucoup plus fréquent qu'ils courent en vain après une offre ! En ne les soumettant pas aux

côté Bercy et ministère de l'Emploi, on s'efforçait de s'opposer à ce que les allocataires s'inscrivent auprès du service public de l'emploi jusqu'à ce que le Premier ministre tranche en notre faveur !

De la même manière, Laurent Wauquiez fit partie de ceux qui s'opposèrent à ce que le revenu de solidarité active puisse concerner des salariés gagnant légèrement plus que le SMIC, avant de dénoncer, avec fougue, ces mesures qui ne visaient pas les classes moyennes. Après avoir œuvré pour que le revenu de solidarité active apporte le moins de progrès possible par rapport au revenu minimum d'insertion, il dénonça ce revenu de solidarité active qui n'était, selon lui, qu'un « RMI repackagé, qui comprend les mêmes travers, avec des gens qui, sans travailler, gagnent autant que ceux qui travaillent[1] »... Ce qui est inexact, malgré tous ses efforts pour parvenir à ces résultats !

Ces critiques furent relayées et amplifiées pendant la campagne présidentielle de Nicolas Sarkozy en 2012, au point de prévoir dans son programme une économie de 1 milliard sur le RSA... c'est-à-dire le retrait de la somme qui lui avait été consacré. Ce revirement me décida définitivement, alors que j'avais quitté le gouvernement depuis deux ans, à ne pas taire publiquement que je voterais pour François Hollande[2].

---

mêmes obligations que les autres demandeurs d'emploi, on entretient, à tort, l'idée qu'ils sont pauvres, donc « intouchables ».

1. Interview de Laurent Wauquiez accordée au journal *Le Point*, 15 août 2013.

2. *Le Monde*, 17 avril 2012.

À cela s'était ajoutée la résurgence d'une vieille idée : imposer quelques heures de travail, sans salaire, en contrepartie de l'octroi du revenu de solidarité active. Bel exemple de double peine. Ainsi, les plus pauvres devraient effectuer des heures de travail qui ne compteraient pas pour leur retraite, qui ne leur apporteraient pas de supplément de revenu alors que la plupart d'entre eux se plaignent de ne pouvoir accéder aux contrats aidés qui leur permettraient de remettre un vrai pied dans l'emploi et qui sont contingentés, faute de financements suffisants !

À gauche, les critiques étaient exactement symétriques. Que reprochait-on au revenu de solidarité active ? De reposer sur une philosophie malsaine d'« incitation au travail », d'introduire dans le droit social français le concept honni de « *workfare* », de reposer sur un jugement moral des pauvres et de donner trop de place à la valeur du travail tout en instituant un « contrôle social » strict sur les pauvres[1]. À cela s'ajoutait la critique de voir les employeurs profiter de l'effet d'aubaine et multiplier les temps partiels dès lors que les salariés aux revenus les plus faibles pouvaient compléter leurs ressources par une allocation complémentaire. J'ai souvent enragé face à ce procès d'intention, qui n'a pas été confirmé par les études ultérieures, alors que l'explosion du temps partiel subi avait été provoquée par une maladroite réforme effectuée

1. Voir en ce sens Dominique Méda e*t alii*, *Le Monde*, 17 juillet 2013.

par la gauche en 1992 et corrigée, mais trop tard, par la même gauche, en 1997. Pendant cinq ans, les charges sociales payées par les employeurs ont été allégées sur les emplois à temps partiel, tant et si bien qu'il coûtait moins cher de prendre deux salariés à mi-temps qu'un seul à plein temps, opportunité dans laquelle se sont engouffrés de nombreux employeurs, notamment dans la grande distribution.

Si on veut lutter contre la double peine, il faut donc défendre mordicus les principes qui sous-tendent le revenu de solidarité active : toute heure travaillée doit être rémunérée ; tout travail supplémentaire doit se traduire par un gain de revenu ; les prestations sociales ne doivent jamais diminuer d'un montant supérieur ou égal aux gains tirés d'une rémunération ; tout accroissement de la quantité de travail doit se traduire par un gain durable ; à travail et qualification égaux, les revenus doivent être les mêmes indépendamment de sa situation antérieure.

Cependant pour que ces principes soient appliqués, encore faut-il que la mise en œuvre ne vienne pas les contredire. On verra dans le chapitre suivant que, pour y parvenir, il reste du travail. Et je ne suis pas le dernier à admettre les malfaçons qui entachent le RSA. Mais pour s'y attaquer, encore faut-il les connaître…

IX

Quand les pauvres comblent les déficits budgétaires

Au Carlton de Cannes, en juillet 2013, des diamants d'une valeur de plus de 100 millions d'euros ont été dérobés, en plein jour, au nez et à la barbe de la société de surveillance. Unes de journaux, reportages au 20 heures, se succèdent pour ce qui est qualifié de « hold-up du siècle ».

Depuis 2010 se déroule un hold-up continu, beaucoup moins spectaculaire, mais d'un montant bien plus élevé. On imagine que les propriétaires des diamants dérobés étaient assurés. Le hold-up silencieux dont nous parlons se fait au détriment de victimes qui n'ont aucune assurance. C'est pourtant plusieurs milliards qui leur ont été dérobés.

Qui sont ces victimes ? Ce ne sont pas de riches collectionneurs. Ce ne sont pas des émirs milliardaires. Ce sont des travailleurs pauvres. Ce sont des salariés, aux revenus modestes, qui auraient pu percevoir le revenu de solidarité active ou la prime pour l'emploi. À eux, on a promis 1,5 milliard d'euros supplémentaires chaque année au moment de la création du RSA, avant de soustraire plus d'1 milliard par an. Le hold-up a commencé à la fin d'un quinquennat de droite et il a continué au début du quinquennat de gauche.

Nous allons expliquer en détail les mécanismes de ce hold-up astucieux, qui s'est produit en plusieurs temps et dont le résultat est remarquable. Rarement cynisme aura autant été à l'œuvre en matière sociale. À l'heure où nous écrivons ces lignes, le hold-up continue et la police ne fait rien pour l'arrêter.

Le premier temps a lieu en 2008 et 2009. Le revenu de solidarité active est conçu comme une prestation qui remplace plusieurs autres allocations en ajoutant un étage complémentaire. Pour le financer, on prend donc en compte le coût des différentes allocations destinées à être intégrées dans le RSA, et on complète par une ressource supplémentaire. Une taxe est créée sur les revenus des produits financiers, avec un nouveau prélèvement de 1,1 %. Chaque fois qu'un ménage perçoit un revenu d'actions, de produits d'épargne, des loyers, il paye donc 1,1 % qui va directement dans la caisse du RSA.

Jusque-là, tout va bien. C'est même particulièrement vertueux, si l'on croit à l'intérêt de la redistribution. Ce sont les plus aisés qui perçoivent le plus de produits financiers et qui s'acquittent de la plus grande partie de cette taxe dirigée vers les salariés les plus modestes. 10 % des ménages, ceux qui ont les patrimoines les plus importants, s'acquittent de plus de la moitié de l'ensemble de la taxe.

La taxe rapporte environ 1,5 milliard d'euros chaque année. Mais rapidement, on se rend compte que le coût supplémentaire du RSA est inférieur à ce 1,5 milliard d'euros. Pourquoi ? Parce que les serrures du RSA ont été cadenassées. Par crainte de débordement. Au moment de sa création, la hantise était de voir les dépenses exploser. Que les personnes se précipitent sur le RSA. Que les employeurs profitent d'effets d'aubaine en multipliant les temps partiels, en accentuant les bas salaires. Du coup, tout a été fait pour contenir ces débordements. Fait et bien fait. Comme si on voulait décourager la demande. Et cela a été efficace. Les dépenses supplémentaires ont été inférieures de moitié à ce qui était prévu.

On aurait pu corriger le tir : il n'en a rien été. Il aurait été facile de constater les excédents générés et de les restituer. Mais cela n'a pas été le cas. Au contraire, l'État a profité des économies réalisées pour financer d'autres priorités. J'avais même provoqué l'ire du Président de l'époque en constatant que, dans le même temps, on réduisait l'impôt sur la fortune[1]. Comme si on reprenait d'une main ce qu'on avait donné de l'autre.

Mais il y a eu une deuxième entourloupe. Tout aussi subtile. Un peu complexe à expliquer et dont les effets sont encore plus saisissants. Le tour de passe-passe a eu lieu avec la prime pour l'emploi.

1. France Info, 9 mai 2011.

Pour le comprendre, il faut remonter plus de dix ans en arrière. L'histoire de la prime pour l'emploi est singulière. L'idée vient à la fin des années 1990. À l'époque, Lionel Jospin est Premier ministre et Dominique Strauss-Kahn ministre des Finances. Le gouvernement cherche un moyen de pouvoir soutenir les plus bas salaires. Les emplois à temps partiel se sont multipliés. Il est difficile de donner des coups de pouce au SMIC, pour les raisons que nous avons vues plus haut. Les économistes imaginent de s'inspirer du concept d'impôt négatif[1] pour créer un complément de salaire qui aide les salariés les plus modestes sans renchérir le coût du travail. La prime pour l'emploi est mise en chantier. En 2000, Dominique Strauss-Kahn doit démissionner à cause de l'affaire de la MNEF. Laurent Fabius le remplace peu de temps après, avec la volonté de baisser l'impôt sur le revenu. Mais il y a un problème d'équité : tout le monde ne paye pas celui-ci. Ceux qui ont des salaires trop faibles ne payent que la contribution sociale généralisée dont le taux est unique et uniforme. La baisse de l'impôt sur le revenu ne bénéficie donc qu'à la moitié de la population. Il est un temps envisagé de moduler la contribution sociale généralisée, mais le Conseil

1. L'impôt classique, qu'on pourrait qualifier de « positif », est celui dont on s'acquitte sur ses revenus. Son montant augmente quand les revenus croissent. On appelle « impôt négatif » le principe symétrique pour les revenus les plus faibles : un chèque du Trésor public dont le montant est d'autant plus élevé que les revenus sont plus faibles. Lionel Stoléru a été le premier à envisager ce concept pour la France après avoir vu qu'il était appliqué dans d'autres pays.

constitutionnel s'y oppose dans une décision du 19 décembre 2000.

Le projet de prime pour l'emploi est dans les cartons ; il est revu pour tenir compte de ce nouvel impératif. Il viendra apporter une « prime » à celles et ceux qui ne sont pas assez riches pour bénéficier de la baisse de l'impôt sur le revenu. Les plus pauvres ne sont pas concernés. La prime pour l'emploi nouvelle formule écarte celles et ceux qui ont un travail à temps très partiel. Première privation des plus pauvres.

La prime pour l'emploi est installée, critiquée par la droite qui arrive au pouvoir l'année suivante. Supprime-t-elle la prime pour l'emploi qu'elle a conspuée ? Non seulement elle la maintient, mais elle en élargit le bénéfice, non pas aux plus pauvres, mais à des catégories de revenus plus élevées. La prime pour l'emploi devient un crédit d'impôt très onéreux, puisqu'il coûte plus de 5 milliards d'euros par an, et ses effets sont très dilués, en touchant 9 millions de personnes.

À l'époque, la Cour des comptes a la dent très dure contre la prime pour l'emploi. Ses effets incitatifs pour l'emploi sont loin d'être démontrés. Elle ne mérite pas son nom. Elle n'est pas versée pour encourager la reprise d'emploi mais l'est avec un délai très important.

Lorsque, début 2005, nous concevons le RSA, nous avons l'idée d'intégrer la prime pour l'emploi dans le revenu de solidarité active, par souci de simplicité et d'efficacité. Plutôt que de laisser coexister des mécanismes différents, régis par des règles de calcul complexes, autant tout mettre dans le même « pot », avec une règle de calcul simple.

C'est ce que nous proposons entre 2005 et 2008. La logique semple imparable. Mais elle se heurte à la réalité politique. La gauche comme la droite s'y opposent. À gauche, on nous accuse de « déshabiller Jean pour habiller Paul ». À droite, de pénaliser les employés qualifiés. Il faut reculer. La prime pour l'emploi ne sera pas supprimée.

Le coup est rude. Il l'est d'autant plus que la gauche avait adopté dans son programme une conception du RSA fusionnant avec la prime pour l'emploi et que l'un des plus grands pourfendeurs de la prime pour l'emploi est depuis plusieurs années Nicolas Sarkozy lui-même, d'ailleurs partisan de la supprimer mais ne pouvant convaincre sa propre majorité ou ne voulant pas le faire sur un tel sujet.

Nous voilà avec une configuration particulièrement défavorable : d'un côté, une prime pour l'emploi diluée, puisqu'elle n'est pas concentrée sur les revenus les plus modestes mais concerne des ménages qui appartiennent au 7e décile des revenus, c'est-à-dire qui font partie des 30 % les plus aisés de la population active, déconnectée de la reprise de l'emploi ; de l'autre, un projet de RSA amputé d'une partie de son efficacité.

Nous savions, dès lors, que nous perdions un atout majeur : celui de la simplification. Comme d'habitude en France, au lieu de simplifier, nous allions ajouter une couche de plus, avec trois dispositifs complémentaires de soutien aux revenus faibles : les aides au logement, la prime pour l'emploi et le revenu de solidarité active. Et pour aggraver l'incohérence, trois aides calculées sur des bases contradictoires. Le revenu de solidarité active, pour tenir compte des parcours chaotiques, est calculé sur les revenus du trimestre précédent. La prime pour l'emploi, elle, obéissant au calendrier de l'impôt sur le revenu, est calculée sur les revenus de l'année précédente. Quant aux aides au logement, pour des raisons administratives assez mystérieuses, elles sont calculées sur les revenus de deux ans plus tôt. C'est à en perdre son latin ! Le résultat concret est désastreux : une personne qui travaillait en 2011, qui est sans emploi en 2012, et qui retrouve un travail à temps partiel en 2013, bénéficie d'un complément de revenu de solidarité active, mais perd ses aides au logement, au motif qu'elle avait des revenus un peu plus favorables deux ans avant… ce qui lui fait une belle jambe pour payer son loyer d'aujourd'hui !

Mais le pire était à venir. Au moment de la création du revenu de solidarité active, à défaut d'une fusion avec la prime pour l'emploi, nous plaidons pour que l'ensemble des crédits soit davantage concentré sur les revenus modestes. Pour cela, il y a une solution simple : geler le barème de la prime pour l'emploi deux années de suite, ce qui aboutit à faire sortir de l'éligibilité à la prime pour l'emploi ceux qui ont les revenus les plus élevés, et donc à économiser sur la prime pour l'emploi 400 millions d'euros par an. Nous demandons à ce que ces sommes soient ajoutées au revenu de solidarité active pour que le montant de celui-ci soit plus élevé. Ceci nous est refusé, dans les arbitrages interministériels, au motif que geler deux années de suite la prime pour l'emploi serait inacceptable politiquement. Nous n'obtenons donc pas de récupérer deux années de suite 400 millions d'euros pour les bénéficiaires du revenu de solidarité active, mais juste une année. Mais l'idée paraît tellement bonne au ministère du Budget qu'il continue à geler le barème les années suivantes, non pas pour réallouer les économies aux allocataires du RSA mais pour en faire d'autres usages sans aucun rapport avec la pauvreté. Ceci a été fait en 2010, en 2011, en 2012 et 2013. C'est donc près d'1,5 milliard qui a été soustrait aux salariés éligibles à la prime pour l'emploi sans être restitué à ceux dont les revenus sont les plus faibles. Les champions de bonneteau du ministère du Budget ont dès lors obtenu la subtilisation, ni vu ni connu, d'une somme équivalente aux ressources nouvelles censées être apportées aux plus modestes.

Résultat : la prime pour l'emploi, qui redistribuait près de 4,5 milliards d'euros, n'en redistribue plus que 2,5 milliards en 2013[1]. Le revenu de solidarité active, qui devait apporter aux salariés les plus modestes 1,5 milliard d'euros supplémentaire, n'en apporte en réalité que la moitié. Il y a donc, alors que la crise produit ses effets ravageurs, moins de ressources de la solidarité nationale apportées

1. « Réforme des dispositifs de soutien aux revenus d'activité modestes », rapport au Premier ministre établi par M. Christophe Sirugue, député de Saône-et-Loire, juillet 2013.

à ceux qui ont de petits salaires. Ce sont eux qui ont fait l'effort le plus important pour participer à la réduction du déficit budgétaire. Le tout dans l'opacité la plus complète…

Cela coûte cher d'être pauvre et l'État n'est pas le dernier à y contribuer. Au contraire la pauvreté rapporte. Le système est si compliqué qu'il n'y a personne pour se défendre, personne pour protester, aucune organisation syndicale pour se rebeller, car elles n'aiment pas ces mécanismes qui n'entrent pas dans le champ traditionnel de leurs négociations.

L'érosion est continue, amorcée par la droite, poursuivie par la gauche.

Quelques années après, le montant total de l'effort de la nation pour les plus modestes a diminué… La baisse de la prime pour l'emploi est supérieure à ce qui a été rajouté par la taxation des plus hauts revenus.

On ne peut à la fois se lamenter sur l'augmentation du nombre de pauvres et reprendre d'une main ce que l'on prétend leur donner de l'autre.

X

La double peine par demi-recours

Ces pauvres sont décidément compliqués. Ils ne savent pas toujours ce qu'ils veulent ! Ils se plaignent de tirer le diable par la queue et quand on leur accorde des aides, ils oublient d'aller les chercher !

C'est le problème du « non-recours ». Un phénomène important pour le revenu de solidarité active, mais dont il est loin d'avoir le monopole, et même de détenir le record. Pour le revenu minimum d'insertion lui-même, on estimait, vingt ans après sa création, qu'un tiers de ceux qui pouvaient y prétendre ne le percevaient pas[1]. L'aide à l'acquisition d'une complémentaire santé, celle qui est octroyée pour compenser en partie l'effet de seuil de la couverture maladie universelle, a longtemps souffert d'un taux de non-recours de 80 % : seule une personne sur cinq susceptibles d'y avoir droit la recevait. Les tarifs sociaux pour l'électricité et le gaz, destinés aux ménages résidant en habitat

1. Rapport d'évaluation de décembre 2011 sur la mise en place du revenu de solidarité active.

collectif, n'ont touché l'année dernière que 20 % de leur cible, 80 000 ménages sur 400 000 éligibles[1].

Cela prouve deux choses. La première, c'est que les pauvres ne se jettent pas sur les aides avec avidité, contrairement aux clichés complaisamment entretenus. Et la seconde, c'est que ces aides comportent souvent des « vices de fabrication » empêchant qu'elles jouent à plein. Même s'il existe, dans tous les pays, une part incompressible de non-recours, chaque aide sociale devrait viser au moins 80 % de recours.

Pourquoi le taux de non-recours au revenu de solidarité active de celles et ceux qui travaillent est-il si élevé ? C'est probablement la convergence de plusieurs astres défavorables :

– la seule campagne d'information a eu lieu à son lancement, en juin 2009 : pas étonnant que beaucoup ne le connaissent pas ;

– depuis ont eu lieu plusieurs campagnes de désinformation, par amalgame, qui pouvaient laisser à penser que le demander, c'était sombrer dans l'assistanat ;

– le caractère partiel de la réforme et sa coexistence avec la prime pour l'emploi aboutissent à des montants faibles pour un dossier complexe ;

– les modalités d'accès ont été rendues ardues par crainte de l'afflux de demande.

1. Rapport de Bruno Léchevin sur les tarifs sociaux, juillet 2013.

Beaucoup de commentaires ont été énoncés sur ce phénomène, mais l'étude la plus complète émane de la caisse d'allocations familiales de la Gironde[1]. Curieusement, cette étude ne semble pas avoir été prise en compte dans le rapport remis au Premier ministre en juillet 2013, qui propose de remettre en cause l'architecture du revenu de solidarité active. Comme si on préférait les présupposés aux faits.

Tout d'abord, on a testé l'efficacité d'une information simple par courrier, en comparant le comportement de deux groupes de personnes : l'un recevant une lettre d'information du RSA activité, l'autre, ne recevant aucun courrier. Résultat : au bout de deux mois, 18,1 % des personnes ayant reçu un simple courrier d'information avaient formulé une demande, alors que ce n'était le cas que de 1,7 % de ceux qui n'avaient pas reçu ce courrier. Pourquoi juger avant d'avoir fait l'effort de l'envoyer ?

Il m'arrive souvent de mesurer directement les effets de ce défaut d'information. C'est un vendeur de supermarché qui m'apostrophe : « Bravo pour le revenu de solidarité active. – Vous le touchez ? – Moi, non, parce que je suis en CDI », me répond-il avec assurance. Nous faisons un calcul de coin de table, ou plutôt de coin de caddy. Il peut obtenir plus de 100 euros par mois. Il rameute les autres vendeurs et organise une séance d'information improvisée au milieu des rayons. Ailleurs, ce sont des vendeuses de

1. Nadia Okbani, « Le non-recours au RSA activité », étude exploratoire en Gironde, caisse d'allocations familiales de la Gironde, dossier d'étude n° 164, juin 2013.

fast-food qui ont la même réaction. Même le gardien du ministère des Affaires sociales, se plaignant de la difficulté de boucler ses fins de mois, s'était vu expliquer, à tort, par une administration qu'il n'y avait pas droit. En 2012, invité par un groupe de directeurs de caisses d'allocations familiales, je reçois cette confidence : « Clairement depuis que vous êtes parti, on nous a dit de mettre davantage le paquet sur la lutte contre la fraude que sur le non-recours… » Il faut dire que, d'un point de vue politique et budgétaire, il est effectivement plus rentable de chasser la fraude et les indus que d'inciter les ménages à avoir recours à des aides…

Dans l'enquête de la CAF de Gironde, il apparaît clairement que ceux qui ne se sont pas manifestés l'ont fait bien plus souvent parce qu'ils ne pensaient pas être éligibles au RSA que parce qu'ils savaient l'être, mais craignaient les complications ou en refusaient le principe. Alors que le RSA activité s'adresse à toutes les situations de ceux qui ont un revenu de travail, l'enquête met en lumière des réponses aussi diverses que : « Je ne pensais pas y avoir droit, parce que je suis fonctionnaire », « Parce que je vis seule avec ma fille de 23 ans et je n'ai jamais eu droit à une aide », « Parce que je suis auto-entrepreneur et je pensais que le RSA activité s'adressait à des salariés aux revenus fixes », « Car je suis sous contrat aidé et je vis seule », « Car je suis travailleur indépendant », « Car je travaille à plein-temps », « Car j'ai une sœur qui gagne moins que moi et qui ne le touche pas », « Car, pour moi, le RSA c'est dans la continuité du RMI et donc je pensais que ça ne s'adressait pas aux artisans », « Parce que c'est l'ancien RMI et moi je travaille ! »

Or, aucun de ces motifs n'est en soit une raison de ne pas pouvoir percevoir le RSA, qui ne dépend que du niveau de revenu d'activité.

« Nous avons pu voir que la montée en charge d'un dispositif comme le RMI a mis environ quatre ans. La montée en charge du RSA et plus particulièrement du RSA activité, destiné à un nouveau public, est donc processuelle. Elle fait appel au paramètre temps (car il s'agit d'une conduite de changement d'ampleur liée à l'organisation mise en place par l'architecture institutionnelle), à la diffusion du dispositif, aux représentations individuelles et collectives (perception de l'offre publique par les bénéficiaires potentiels) et à l'humain (choix et temps de mobilisation). La plupart des dispositifs d'aides sociales sont caractérisés par un non-recours notoire. Il semble donc important de relativiser la "faible" montée en charge du RSA activité et, par là, relativiser le taux de non-recours constaté qui pourrait également s'apparenter à du "pas encore recours" ou "non-recours temporaire."[1] »

Le RMI a mis en effet quatre ans pour atteindre sa vitesse de croisière. Que se serait-il passé si, au bout de trois ans, on avait décrété son échec ?

Il n'est pas absurde de considérer que le non-recours au revenu de solidarité s'explique dans un gros tiers par la méconnaissance (absence d'infor-

1. *Ibid.*

mation et désinformation), un deuxième gros tiers par la complexité des démarches (depuis la lourdeur du dossier jusqu'aux heures d'ouverture des CAF), un petit tiers par le principe (on doit s'en sortir par son travail sans aide).

Il ne paraît pas hors de portée d'agir sur ces trois types de causes, alors qu'on s'est plutôt efforcé de les aggraver ou de les ignorer depuis le lancement du revenu de solidarité active. Pour les tarifs sociaux de l'énergie, la mise en place d'une procédure automatisée a permis de doubler, entre mars et décembre 2012, le nombre de bénéficiaires et de faire passer le taux de non-recours de 65 % à 33 %.

Il n'en demeure pas moins une question de principe fondamentale, qui dépasse les enjeux techniques. Le revenu de solidarité active est une seule et même prestation qui concerne à la fois des personnes qui ne travaillent pas, certaines qui risquent de ne jamais retravailler, d'autres qui ont un emploi, y compris un emploi tout à fait classique, à plein temps dans une entreprise ou une administration.

Il est évident que cela brouille les repères puisque cela ne respecte pas les catégories habituelles. Cela a été fait à dessein. Pour lutter contre la stigmatisation qui accompagnait le RMI et l'amalgame fréquent entre « toucher le RMI » et « être incapable de travailler », il a semblé à la commission qui a inventé le RSA que la seule manière de combattre cette stigmatisation était d'englober le revenu minimum dans une prestation plus large, qui concernerait aussi bien des personnes qui ont un emploi que d'autres qui ne travaillent pas. Cela devait éviter que les allocataires ne soient automatiquement rangés dans ce terrible compartiment où l'on enferme ceux qui sont considérés comme « inutiles pour la société ». Notre parti pris allait à rebours de cette idée. Personne n'est perdu pour la cause. Personne n'est condamné à l'inutilité sociale. En englobant ceux qui ne travaillent pas et ceux qui travaillent avec un salaire trop faible, nous voulions réintégrer les premiers dans une société qui avait tendance à les refouler à sa périphérie et les y maintenir. Ce faisant, nous voulions nous attaquer à cette tendance si vivace d'opposer les pauvres entre eux. Le pire ennemi de celui qui a un petit salaire, ce n'est pas le milliardaire, mais le voisin de palier, qui sans travailler touche des aides sociales.

Nous savions d'emblée qu'en cherchant une solution pour éviter un effet néfaste, nous courions le risque d'en créer un autre : celui de faire naître le sentiment de déclassement chez celles et ceux qui se considèrent différents des inactifs et qui se sentiraient tirés vers le bas, en percevant un revenu dont le nom est le même que celui que touchent ceux dont ils voulaient précisément se différencier.

Nous avions donc le choix entre deux maux et nous avons résolument estimé que nous ne pouvions nous résoudre à fuir cette difficulté pour consacrer un statut particulier pour les inactifs. Dans notre idée, de même que l'on peut toucher des allocations familiales, des aides au logement, dès qu'on a un revenu faible, qu'on travaille ou non, le revenu de solidarité active pouvait devenir le soutien des personnes modestes, indépendamment de leur rapport au travail. Cette idée nous paraissait d'autant plus importante que nous savions, ce qui se vérifie tous les jours, que beaucoup de personnes passent d'une situation à une autre, qu'heureusement les catégories ne sont pas étanches et que tout doit être fait pour éviter l'enfermement dans la catégorie la plus défavorable.

C'est ce parti pris risqué qui explique beaucoup d'incompréhensions et de critiques. Le revenu de solidarité active reste globalement connoté comme le simple successeur du RMI, ce qui a un effet repoussoir. C'est ce qui motive l'idée de revenir à deux systèmes distincts.

Je trouverais regrettable qu'on soit obligé de se résoudre à ce retour en arrière. Je n'arrive pas à abandonner l'idée qu'on peut plus facilement lutter contre la crainte de déclassement, par la pédagogie et par des procédures d'obtention plus simples pour les salariés, que combattre la stigmatisation de ceux qui ont perdu pied par rapport à l'emploi.

Je plaide donc pour qu'on prenne bien en compte cette dimension que l'on pourrait qualifier de philosophique pour donner une seconde chance au revenu de solidarité active, dans son ensemble, avant de songer à le démanteler. Lui donner une seconde chance, c'est en simplifier les conditions d'accès et les modes de calcul, c'est gommer les incohérences avec les aides au logement et la prime pour l'emploi, c'est mener de vraies campagnes d'information, y compris auprès de celles et ceux qui travaillent, c'est rétablir les sommes initiales dans leur intégralité, c'est garantir un gain net à toute reprise d'emploi.

XI

L'incroyable destin de l'impôt sur la mauvaise fortune

Certains estaminets affichent fièrement les gains des joueurs qui ont acheté ou fait valider leur ticket dans leur établissement. C'est une manière d'attirer le chaland, d'appâter le gogo, d'inciter au jeu.

J'ai souvent été fasciné par l'ampleur des sommes. Dans ces bistrots de cette petite ville de l'Eure ou de la Manche qui ne payent pas de mine, plus de 100 000 euros ont été gagnés. On remarque qu'on n'affiche jamais le montant total des mises. On sait combien d'argent a été gagné, mais pas combien a été englouti, ni combien a été prélevé au passage.

Je me suis intéressé à ce montant global. Et j'ai fait des tests pour savoir combien de personnes avaient une idée de la somme globale que les Français consacrent aux jeux de hasard, aux jeux de chevaux, aux casinos. Je n'ai encore rencontré personne qui puisse donner un ordre de grandeur correct. En général, on est d'un facteur 100 en dessous de la réalité !

Il faut dire que la somme est extravagante.

Les Français ont joué, en 2012, 37 milliards d'euros. C'est plus que l'ensemble du montant du

RSA, de la prime pour l'emploi et des aides au logement. C'est le même ordre de grandeur que l'ensemble des allocations familiales. 37 milliards d'euros, c'est juste une somme folle. Une somme en croissance vertigineuse : 21 milliards en 2009, 26 milliards en 2010, 31 milliards en 2011 !

Quel rapport avec la pauvreté ? Il est évident. Les pauvres sont ceux qui jouent le plus, qui dépensent le plus. Les plus riches n'ont pas besoin de se raccrocher à des rêves de gains. Les joueurs compulsifs ou excessifs sont dans leur grande majorité des personnes qui ont des revenus faibles. Une intéressante étude de l'Observatoire français des drogues et des toxicomanies met bien en évidence ce phénomène qui est d'ailleurs cohérent avec le sentiment intuitif que l'on peut avoir : 78 % des joueurs excessifs ont un revenu inférieur à 1 100 euros par mois[1].

Les mises totales représentent 500 euros par Français, et par an. Pour atteindre cette moyenne, il faudrait faire jouer les enfants dès la naissance, en divisant 37 milliards par 62 millions de Français. En réalité, si on suppose que seuls les adultes pratiquent une telle activité, on arrive à une somme moyenne plus élevée. Les enquêtes montrant qu'une moitié des Français jouent, cette moitié joue donc en moyenne 1 000 euros par an.

Je me suis intéressé à ces sommes, qui m'ont effrayé, puis je me suis laissé convaincre par l'idée

1. « Les niveaux et pratiques des jeux de hasard et d'argent en 2010 », Observatoire français des drogues et des toxicomanies, *Tendances*, n° 77, septembre 2011.

qu'elles retournaient dans les poches de ceux qui les ont investies. Il s'agit de jeux de hasards. Ceux qui jouent régulièrement doivent, statistiquement, gagner aussi régulièrement. Si on prend les deux déciles les plus pauvres de la population, ceux-ci ont une chance de gagner une « espérance de gain » proportionnelle à leur mise. Il n'y aurait donc pas d'appauvrissement de la catégorie pauvre par le jeu, et pas de transfert entre catégories de la population.

Certes, me disais-je, il doit y avoir un certain pourcentage qui ne leur revient pas, et qui est prélevé sous forme de taxes. Mais, pensais-je, cette somme ne doit pas être très importante.

J'ai voulu en avoir le cœur net. Je suis donc allé voir les rapports d'activité de la Française des Jeux, du PMU et les rapports réalisés sur les jeux d'argent. Je me suis rendu compte alors que ce pourcentage était en fait énorme : en moyenne, seulement deux tiers des mises sont restitués aux joueurs. Un tiers est prélevé au passage. Le taux de retour aux joueurs est de 60 % pour la Française des Jeux, 70 % pour le PMU et 85 % pour les casinos. C'est-à-dire que plus de 10 milliards d'euros sont prélevés sur les jeux, dont 5 milliards sous formes d'impôts, essentiellement supportés par les plus pauvres.

La somme est supérieure au produit de l'impôt de solidarité sur la fortune ! C'est d'ailleurs un impôt sur la « bonne et mauvaise fortune », un impôt sur le hasard. Un impôt sur l'addiction, sur la maladie aussi. Car le jeu est, au-delà d'une distraction, une addiction pour ceux qui y dépensent le plus.

Un drôle d'impôt, partiellement ou faussement volontaire. Car, s'il n'y a aucune loi pour y obliger, jouer n'est pas le fruit simple d'une volonté libre, mais fortement influencée. Les organismes de jeux dépensent des sommes importantes en publicité. Le jeu est une drogue aussi puissante que d'autres et provoque des comportements compulsifs qui commencent à être étudiés.

Avez-vous déjà entendu, au cours des vingt dernières années, un seul responsable politique dire qu'il allait mener une politique visant à réduire l'emprise du jeu sur la population ? Pas un ! Cela ne figure pas dans le moindre programme politique, alors qu'on y trouve des propositions sur à peu près tout. « *Panem et circenses* » prônaient les empereurs romains. Sauf qu'il y a moins de quoi s'acheter du « *panem* » quand on est poussé à abuser des « *circenses* » !

Comme si le sujet était invisible ou les enjeux trop importants. Pour l'État tellement content de pouvoir remplir ses caisses par les prélèvements qu'il opère. Trop soucieux de garder le monopole du jeu, pour éviter que d'autres en profitent. Avant tout désireux de multiplier les tentations et d'innover, avec les paris sportifs, puis avec les jeux en ligne. Sur quoi a porté le débat ? Pas sur les risques que cela faisait courir à la population. Mais sur la manière de faire jouer la concurrence (la concurrence aussi est joueuse !) et sur le souci qu'internet, qui ne connaît pas de frontières, ne risque pas de faire remplir d'autres caisses que celles de l'État. Et les responsables politiques pensent qu'ils seraient peu populaires à remettre en cause cette habitude, cette distraction.

Dans ce domaine, comme dans tant d'autres, l'État est schizophrène. Il encourage au jeu… Il récolte des recettes et il subventionne ceux qui jouent. On peut d'ailleurs faire le calcul diabolique qui montre que 20 % des sommes jouées sont en réalité des sommes gagnées grâce aux aides sociales ! Une fois de plus, l'État récupère d'une main ce qu'il donne de l'autre. Et beaucoup de personnes entrent dans la spirale du surendettement, parce qu'elles ont cru au miroir aux alouettes.

XII

Les oursins ne sont pas dans toutes les poches

Il est intéressant de regarder comment évolue la générosité en fonction des revenus. *A priori*, le sujet ne vaut pas la peine qu'on s'y arrête. On imagine que ceux qui ont déjà du mal à boucler leurs fins de mois ne trouvent pas de quoi faire preuve de générosité à l'égard des causes qui les sollicitent. La « générosité » ou la philanthropie est probablement l'apanage de ceux qui en ont les moyens et peuvent consacrer une partie de leur superflu à des causes d'intérêt général. Ceci d'autant plus que tout est fait pour les y pousser, avec de fortes incitations fiscales au don.

On pourrait imaginer aussi que les plus modestes, sur un acte volontaire, ont les moyens de compenser une partie de l'effet double peine. S'ils payent 6 % de leurs revenus en double peine, que les plus aisés donnent 1 % de leurs revenus aux œuvres et les plus pauvres, rien, l'effet double peine est globalement ramené à 5 %.

Surprise ! C'est exactement l'inverse qu'on observe. Le taux de générosité moyen des Français tel qu'il est mesuré par le ministère des Finances qui gère les déductions fiscales est de 0,8 % des revenus. Mais les plus favorisés ne donnent que 0,6 % de leurs revenus, alors que les plus modestes consacrent à la philanthropie 1 % de leurs ressources. À tel point que, si on se contentait d'aligner le taux de générosité des plus riches sur celui des plus pauvres, ce sont plusieurs centaines de millions d'euros qui rentreraient dans les caisses des associations. De quoi clore la polémique entre le Téléthon et ses 400 millions et les autres causes, aussi nobles, qui n'ont pas la même exposition médiatique. C'est un deuxième Téléthon qui serait ainsi récolté. Or, qui peut prétendre que quand un smicard consacre 1 % de son revenu à des dons, celui qui gagne 5, 10 ou 20 fois plus et dont les dépenses contraintes ne représentent qu'à peine un quart de son budget ne peut donner 1 % ?

Nul ne sait comment expliquer ce phénomène. Si les mystères de la pauvreté sont faciles à percer, les mystères de la richesse sont, quant à eux, insondables.

De ce constat m'est venue une idée simple à mettre en œuvre, que j'ai proposée en vain à plusieurs reprises et que je soumets à la sagacité des lecteurs qui m'aideront peut-être à la faire avancer. Admettons, comme une norme, 1 % de dons. Chaque contribuable déclare ses dons dans sa déclaration d'impôt sur le revenu. Lorsque ce qui est déclaré est inférieur à 1 %, proposons-lui de compléter. Le contribuable pourrait rajouter les organismes qu'il souhaite soutenir. S'il ne le fait pas, la différence entre ses dons et la somme nécessaire pour atteindre 1 % de ses revenus serait automatiquement affectée à un fonds au service de l'ensemble des associations.

XIII

À qui profitent les aides au logement ?

C'est une situation classique. Une petite annonce pour une chambre ou un studio à louer. Une longue file d'attente, bien avant l'heure indiquée pour la première visite. Un propriétaire qui demande des garanties, et qui pose deux questions : « Combien d'aide au logement percevez-vous ? Quels sont vos revenus ? » Et si l'on déclare 200 euros d'aide au logement, et 1 200 euros de revenus, le propriétaire vous expliquera qu'il peut vous demander un loyer de 600 euros correspondant à un tiers de votre salaire (400 euros) auquel il ajoute l'intégralité de l'aide au logement (200 euros) !

Il est un problème bien connu des économistes : les effets inflationnistes d'une « demande solvabilisée » et d'une offre libre. Il est classique quand il s'agit des dépenses de santé. S'il existe une assurance maladie qui garantit aux patients d'être remboursés, et si les médecins sont libres de fixer leurs honoraires eux-mêmes, ils auront tendance à augmenter les tarifs de leur consultation, puisqu'ils sont sûrs d'être payés et que leurs patients seront, par définition, indifférents aux prix.

Ce qui est vrai si l'ensemble de la demande solvabilisée l'est aussi quand la solvabilisation est partielle, c'est-à-dire lorsqu'une partie du prix est payée par une assurance ou par une subvention. C'est exactement ce qui se passe pour l'assurance maladie, dans le secteur à honoraires libres, où le médecin peut pratiquer un dépassement. Le patient étant remboursé pour une partie de la consultation, celle correspondant au tarif conventionné, le médecin exerce un dépassement d'honoraires. Le prix total de sa consultation – tarif conventionné plus dépassement – peut être supérieur au tarif qu'il facturerait si le patient avait à sa charge la totalité du prix de la consultation.

C'est le même phénomène qui s'observe pour les loyers avec les aides au logement. Ce sont les Américains qui ont prouvé ce phénomène pour la première fois, il y a une dizaine d'années. Ils ont montré que le montant des augmentations de loyers était supérieur au montant des aides au logement distribuées aux catégories les plus pauvres. Autrement dit, subventionner les locataires les plus modestes aboutissait exclusivement à subventionner les propriétaires, pas à soulager ceux qui devaient payer un loyer.

En France, ce phénomène a été étudié par Gabrielle Fack[1] sur une longue période de trente

1. Gabrielle Fack, « Pourquoi les ménages à bas revenus paient-ils des loyers de plus en plus élevés ? », *Économie et Statistique*, n° 381-382, 2005.

ans, entre 1973, année antérieure à la création des aides personnelles au logement, et 2002. La chercheuse a pu suivre les augmentations des loyers pour chaque catégorie de ménages, en fonction de leurs revenus, et donc de leur éligibilité aux aides au logement.

Au fur et à mesure des années, les personnes modestes payent leur loyer au mètre carré de plus en plus cher, pour atteindre, à la fin des années 1990 le même prix au mètre carré que les ménages les plus riches !

Or, les années de plus forte hausse des loyers correspondent aux périodes d'augmentation des aides au logement, et notamment d'extension à de nouvelles catégories de bénéficiaires, en particulier, bien malgré eux, les étudiants.

Ce travail très approfondi a permis de comparer les hausses de loyers, durant la même période, entre ceux qui bénéficient des aides et ceux qui n'en bénéficient pas, en fonction de l'augmentation du montant de l'aide. « Le loyer annuel au mètre carré du premier quartile a augmenté de 14,90 euros de plus que celui du deuxième quartile entre 1988 et 1996, c'est-à-dire avant et après la réforme. Sur la même période, l'aide au logement par mètre carré du premier décile a crû de 15,80 euros de plus que celle du deuxième quartile. […] Cela signifie qu'1 euro d'aide supplémentaire entraîne une augmentation de loyer de 0,94 euro. » Autrement dit, quand on ajoute 1 milliard d'euros dans les aides au logement, 60 millions d'euros soulagent les locataires et 940 millions augmentent les revenus des propriétaires. Selon une autre méthode d'estimation utilisée par la même chercheuse, la part des aides aux logements absorbées en augmentation de loyers est de 78 %. C'est donc une forte proportion de ces aides qui sont captées en hausse de loyers.

Les aides au logement offrent une illustration remarquable, quasi parfaite, de l'absurdité engendrée par une politique censée aider les ménages les plus modestes. La politique de lutte contre la pauvreté, même animée des meilleures intentions du monde, peut se retourner contre celles et ceux qu'elle est supposée aider.

Entendons-nous bien. Si aujourd'hui on supprimait l'ensemble des aides au logement, les prix des loyers ne baisseraient pas d'autant automatiquement.

L'auteur de l'étude, Gabrielle Fack, suggère qu'une aide non ciblée aurait des effets moins inflationnistes. C'est d'ailleurs ce qui nous avait conduits, en 2005, à préconiser l'intégration des aides au logement dans le revenu de solidarité active. S'il s'agit d'une aide indifférenciée, il est plus difficile pour les propriétaires de faire le calcul qui aboutit à la captation de l'aide.

C'est un débat important sur l'effet comparé des aides indifférenciées par rapport aux aides spécifiques. Le soubassement idéologique des aides spécifiques repose sur l'idée que les pauvres feront un mauvais usage des aides, s'ils en ont la libre disposition. C'est la théorie selon laquelle une aide va être bue, jouée ou gaspillée dans l'achat du dernier modèle de téléviseur à écran géant. Ainsi, l'aide pour la rentrée scolaire, si elle est versée à la période où les achats doivent être effectués, peut être dépensée à la libre guise des familles qui en sont bénéficiaires ce qui fait périodiquement surgir la proposition de la remplacer par des bons d'achat pour des fournitures.

On peut avoir une approche pragmatique : intégrer les aides au logement dans le revenu de solidarité active aurait plusieurs avantages. Outre celui de brouiller les repères pour la fixation du loyer, cela mettrait fin à ces incohérences qui voient une aide augmenter quand l'autre baisse. Dans d'autres cas, une tarification en fonction du revenu, sur le modèle des prix de la cantine à l'école, est une bonne solution pour soulager les budgets des plus modestes, sur une dépense ciblée, sans provoquer d'effets inflationnistes. Dans d'autres cas, ce sont des réformes plus fondamentales qu'il faut proposer, comme nous allons le voir pour le permis de conduire.

XIV

Permis de conduire ou permis de travail ?

Le permis de conduire offre un bel exemple de ce que peut avoir de stérile la course-poursuite entre dépenses des plus modestes et aides publiques qu'une expérience, menée grandeur nature, a permis d'enrayer.

Quand on interroge des jeunes sur leurs difficultés à trouver un travail, la question de la mobilité ressort fréquemment. Et c'est ce que confirment ceux qui les accompagnent notamment dans les missions locales pour l'emploi. La situation est critique dans les zones rurales mais elle l'est aussi en ville et, en réalité, dans beaucoup de territoires.

D'où l'idée d'aider les jeunes à payer leur permis de conduire pour favoriser leur insertion professionnelle. L'idée n'est pas neuve et depuis longtemps le service public de l'emploi paye, dans certains cas, le permis de conduire de demandeurs d'emploi. Au début des années 2000, un Premier ministre, Dominique de Villepin, avait créé le « permis à 1 euro », ce qui ne voulait pas dire qu'il suffisait de débourser 1 euro, mais que des crédits avaient été mis en place, permettant un remboursement d'1 euro par jour. Mais ces mécanismes n'étaient pas suffisants et leur existence n'empêchait pas que beaucoup de jeunes se plaignait de ne pas pouvoir s'offrir le permis de conduire, perçu comme un sésame pour l'emploi.

Nous nous sommes donc posé la question : est-ce qu'un financement à grande échelle du permis de conduire aurait un effet favorable sur l'emploi des jeunes ? En faisant le raisonnement suivant : si le financement du permis de conduire augmente le taux d'emploi des jeunes, cela devient légitime pour la puissance publique de le financer sur de l'argent public, au même titre que d'autres aides pour l'emploi. Si, en revanche, le financement du permis de conduire permet aux jeunes d'avoir une mobilité plus aisée, mais pas de mieux s'insérer dans l'emploi, la question du financement par de l'argent public devient plus discutable. *A priori*, les témoignages de jeunes empêchés de travailler faute de pouvoir se payer le permis de conduire sont si nombreux que la réponse semblait aller de soi : financer le permis de conduire est une bonne manière de soutenir l'emploi des jeunes.

Chaque classe d'âge comprend 800 000 jeunes. Financer le permis de conduire pour tous les jeunes représenterait une dépense de 1,4 milliard d'euros par an, ce qui est un montant considérable. Admettons que le programme se limite aux 20 % de jeunes ayant les revenus les plus faibles, cela équivaudrait à environ 300 millions d'euros par an. Avant d'engager une telle somme, à supposer qu'elle soit disponible, autant vérifier l'efficacité.

C'est ainsi que nous avons conçu le programme « 10 000 permis de conduire », avec une équipe de recherche coordonnée par Yannick L'Horthy[1]. Le principe était osé : 10 000 jeunes, suivis par des missions locales, se voyaient financer leur permis de conduire, après avoir été tirés au sort parmi un grand nombre de jeunes dans la même situation, ceux qui n'étaient pas heureux au tirage au sort formant le groupe « témoin ». L'idée était donc de comparer l'insertion professionnelle du groupe bénéficiant du financement, par rapport à un groupe « placebo », devant se débrouiller avec les aides de droit commun.

Pour apporter 10 000 permis de conduire, il a fallu mobiliser 10 millions d'euros qui ont été trouvés dans le Fonds d'expérimentation pour la jeunesse, que l'État avait créé et que Total avait soutenu.

Deux temps d'évaluation ont été prévus : au bout d'un an puis de vingt-quatre mois. Au bout d'un an, dans le groupe ayant bénéficié des financements, le nombre des jeunes ayant eu leur permis de conduire était significativement plus élevé. Bénéficier d'une aide financière aide à pouvoir obtenir son permis de conduire. Mais surprise : dans le groupe aidé, le nombre de jeunes en emploi ou en études était plus

1. Yannik L'Horty, Emmanuel Duguet, Pascale Petit, Bénédicte Rouland, Yiyi Tao, « Faut-il subventionner le permis de conduire des jeunes en difficulté d'insertion ? évaluation de l'expérimentation “10 000 permis pour réussir” », TEPP – FR CNRS 3435, rapport de recherche n° 2013 – 02.

faible que dans le groupe qui n'avait pas bénéficié d'une aide spécifique. Pour les chercheurs, l'explication était la suivante : il faut consacrer tellement d'heures à passer son permis de conduire que cela ne laisse plus de temps disponible pour chercher du travail ou étudier en parallèle, pour les jeunes concernés qui étaient tous très peu diplômés. Les fruits allaient être récoltés au terme de la deuxième phase d'évaluation. Mais, là, les résultats étaient à peine meilleurs :

« Dans le cas de l'expérimentation, on ne constate d'effet notable de l'aide dont ont bénéficié les jeunes, à court terme comme à long terme, ni sur les chances d'accéder à un emploi, ni sur la qualité des emplois occupés telle qu'elle peut être approchée au travers du montant du salaire, du type de contrat de travail, de la durée du travail, du statut d'emploi ou encore du montant des revenus de remplacements. [...] Aucune différence significative n'émerge sur aucun item entre le groupe test et le groupe témoin. Les ressources des jeunes qui ont bénéficié de l'aide et de ceux qui ne l'ont pas obtenue sont les mêmes, 12 mois comme 24 mois après le début de l'expérimentation. Il n'y a pas d'écart dans la proportion de ceux qui perçoivent un salaire ni sur le niveau de ce salaire, qui progresse au même rythme pour les deux groupes. Il y a la même proportion de personnes en emploi, de jeunes en formation et de demandeurs d'emploi dans les deux groupes. »

On aurait pu être déçu par les résultats de cette étude. On aurait surtout été catastrophé si les responsables politiques n'avaient pas attendu les résultats de cette étude pour céder à la pression forte, pour que l'État finance les permis de conduire. Il faut dire que, pendant la campagne présidentielle de 2012, les deux candidats du second tour ont chacun, pendant le même week-end, renchéri sur le sujet et promis un financement par l'État du permis de conduire, pour l'un à tous les jeunes, pour l'autre à une catégorie d'entre eux. Promesse éphémère qui a disparu avec la campagne. On peut s'en réjouir, car quelles que soient les difficultés des jeunes, il semble bien absurde de financer avec de l'argent public le précieux papier rose à trois volets.

Pourtant, même si elle ne montre pas l'effet recherché sur l'emploi, l'étude n'est pas « non concluante ». Au contraire. Elle nous enseigne que, plutôt que de financer le permis de conduire, il faudrait… le réformer. Notre permis de conduire est si complexe, si dur à passer, si cher, qu'il est devenu un obstacle sur la route de la mobilité, de l'emploi et de l'insertion. La France est l'un des pays où la formalité est la plus exigeante. Bien plus qu'aux États-Unis ou dans d'autres pays d'Europe. « Simplifier les épreuves du permis sur le modèle de beaucoup d'autres pays produirait un triple dividende sur l'aptitude à la mobilité des jeunes, sur leur accès à l'emploi et sur leur intégration sociale. »

L'obstacle est d'autant plus redoutable que les jeunes viennent d'un milieu modeste. Ils supportent de plein fouet ce coût qui résulte d'un rapport de force compliqué avec les auto-écoles et les inspecteurs du permis de conduire. Tout le monde sait qu'il est difficile de réformer le permis de conduire et que la capacité de ces deux professions de paralyser le pays est forte.

En août 2013, l'Association nationale de défense des consommateurs et usagers, la CLCV, publiait une enquête montrant les disparités dans le coût total du permis de conduire, selon les régions, les auto-écoles et les pratiques d'abus, que la profession elle-même finissait par reconnaître, devant les faits. Ces abus résultent d'un jeu malsain entre la puissance publique et les auto-écoles, la manière dont des quotas de places à l'examen sont attribués, le manque de transparence dans les engagements, les conflits d'intérêts qui conduisent ceux qui instruisent à pouvoir choisir le moment où le candidat a le droit de se présenter.

Une politique d'aide aux plus modestes passe parfois par des chemins détournés : la réforme du permis de conduire et l'assainissement des pratiques de ce secteur pourraient à la fois soulager leurs finances et faciliter leur mobilité.

XV

Partis pris

La lutte contre la pauvreté, ou la politique de soutien aux plus modestes, devrait emprunter des chemins nouveaux. Pour l'avenir proche, la question est moins de savoir quels moyens budgétaires supplémentaires consacrer à la pauvreté que comment rapidement améliorer les conditions de vie des plus pauvres, à moyens budgétaires constants, et comment éviter une dégradation brutale de leur situation.

Poser cette question, c'est s'exposer immédiatement à une critique de fond, qu'il vaut mieux aborder qu'ignorer.

L'argent existe : il suffirait d'aller le chercher là où il est : dans la poche des riches, dans les paradis fiscaux, dans les profits des grandes multinationales.

Il est, en effet, toujours choquant de lire ou d'entendre que le montant total des profits du CAC 40 a atteint près de 100 milliards d'euros, que les cinquante plus grandes fortunes de France représentent, à elles seules, près de 200 milliards d'euros, que l'évasion fiscale s'élève probablement à plusieurs centaines de milliards d'euros et que, pour autant, on ne trouverait pas les sommes nécessaires pour les plus pauvres.

Rentrer dans une logique où l'on accepte l'idée qu'on ne peut pas consacrer plus d'argent à la pauvreté, n'est-ce pas accepter les inégalités telles qu'elles sont ? La richesse insolente telle qu'elle s'expose ? Les rapports de domination sociale tels qu'ils sont établis ? Les rentes telles qu'elles sont confisquées ? Bref, le libéralisme et le capitalisme dans ce qu'il a de plus critiquable ?

Pour apporter de l'eau au moulin de cette thèse, on peut se référer à un exercice que nous avions réalisé dans le cadre de la commission « Familles, vulnérabilité, pauvreté », commission qui avait proposé un certain nombre de mesures dont le revenu de solidarité active, en 2005. Nous avions calculé les sommes nécessaires pour sortir d'un seul coup tous les pauvres de la pauvreté. Pour faire franchir à tous le seuil de pauvreté. Cette somme n'était pas gigantesque. Elle était presque dérisoire. Elle ne se chiffrait pas en centaines de milliards, ni même en dizaine de milliards. Elle représentait alors à peine entre 5 et 6 milliards d'euros.

Le calcul n'a pas été fait récemment. La somme doit être aujourd'hui de l'ordre d'une dizaine à une quinzaine de milliards, car le revenu moyen des plus pauvres n'a pas varié alors que le seuil de pauvreté, lui, a augmenté en même temps que le revenu médian, tiré vers le haut par l'accroissement du niveau de vie des plus riches pendant les dix dernières années. Le calcul est assez simple à effectuer. Le seuil de pauvreté est d'environ 950 euros par mois et par personne. Il y a 8 millions de personnes vivant sous le seuil de pauvreté. Le revenu moyen des 10 % les plus pauvres est de 800 euros par personne. Il faut donc leur procurer en moyenne 150 euros par mois pour leur permettre de franchir le seuil de pauvreté, soit 2 000 euros dans l'année. Le total représente 16 milliards d'euros. Avec 16 milliards d'euros votés dans la loi de finances le 31 décembre, il est possible d'avoir éradiqué la pauvreté en France le 1er janvier au matin !

Mais cette éradication serait de courte durée. D'abord, le jour même, l'INSEE calculerait le nouveau seuil de pauvreté, qui se serait mathématiquement élevé, car cette distribution aurait eu un effet à la hausse sur le revenu médian. Il faudrait donc refaire l'opération ! Et ceci à l'infini jusqu'à ce que tous les revenus soient strictement égaux…

Et ce n'est pas la seule raison pour considérer que l'amélioration serait éphémère. Cette mesure ne résoudrait pas le chômage. Elle l'aggraverait d'ailleurs probablement assez rapidement. Elle créerait d'autres inégalités. Il faudrait également augmenter d'autres prestations sociales, mais aussi le salaire minimum pour ne pas que ceux qui en vivent se trouvent dans une situation moins favorable que ceux qui ne travaillent pas.

Cette mesure n'aurait aucune conséquence sur les causes de la pauvreté. Elle n'en atténuerait que très provisoirement les effets.

Par ailleurs, si on mesurait l'efficacité des politiques sociales à l'aune des milliards qu'on y consacre, notre situation serait meilleure qu'elle n'est aujourd'hui. Rappelons que la France détient le record mondial de la part de sa richesse nationale consacrée aux dépenses sociales, avec un tiers de ses dépenses. Elle ne détient pas pour autant le record de la pauvreté la plus faible.

Reprenons des exemples concrets. Les Français les plus modestes supportent des coûts de logement trop élevés. Rajouter 1 ou 2 milliards pour augmenter les aides au logement n'aurait vraisemblablement, à autres paramètres inchangés, aucun effet durable sur leur taux d'effort. Comme on l'a vu, les aides personnelles au logement peuvent être à l'origine d'une augmentation de loyer qui gomme les effets bénéfiques de ces aides : selon le calcul édifiant produit par Gabrielle Fack, une augmentation d'1 milliard d'aides… n'a un effet réel que de seulement 60 millions.

En d'autres termes, la lutte contre la pauvreté ne se résume pas à des transferts financiers vers les plus modestes, même si ces transferts financiers, qu'on appelle la « solidarité », sont nécessaires et souhaitables.

Illustrons notre propos. Imaginons que l'État dispose d'une recette inattendue d'1 milliard d'euros. Cela pourrait être le fruit d'une politique contre les paradis fiscaux, le rapatriement depuis une île lointaine de sommes mises à l'abri du fisc. Imaginons alors que l'État souhaite consacrer ce milliard tombé du ciel à la lutte contre la pauvreté, en cherchant le moyen le plus efficace, le plus bénéfique pour les populations vulnérables. Il lancerait une grande délibération pour savoir quel est le meilleur usage qu'il devrait faire de cet argent. Il s'offrirait à lui d'autres possibilités que de le distribuer à ceux qui disposent de minima sociaux. Il pourrait le consacrer à la construction de logements sociaux. Ou à l'augmentation de places d'hébergement pour les personnes à la rue. Ou à ce qu'il puisse y avoir plus de travailleurs sociaux et de personnel à Pôle emploi et dans les caisses d'allocations familiales. Ou à soutenir l'emploi des chômeurs. À réaliser plus de contrats aidés pour les demandeurs d'emploi. À étendre les minima sociaux aux jeunes de moins de 25 ans. À créer plus de places en crèche. À améliorer les plus petites retraites. À favoriser le travail des personnes handicapées. À étendre ou améliorer la couverture maladie universelle. Aucun de ces usages ne serait illégitime à l'égard d'un objectif de soutien aux plus modestes. Les besoins sociaux sont immenses. Si on prenait tous les domaines qui touchent la pauvreté : la formation, l'emploi, le logement, la santé, l'urgence, l'accompagnement social, la mobilité, le handicap, l'isolement, on trouverait, dans chacun, des justifications à des dépenses supplémentaires.

Et pourtant, notre pays consacre aujourd'hui plus que d'autres à ces domaines davantage d'argent qu'avant et la situation de la pauvreté ne s'améliore pas.

Cela ne veut pas dire qu'il ne faut pas dégager des marges de manœuvre financières pour mieux répondre à ces besoins. Cela veut simplement dire qu'il ne faut pas se bercer d'illusions, en faisant croire que la lutte contre la pauvreté se résume à des questions d'argent, de transferts financiers, de montant des allocations.

C'est pourquoi nous assumons deux « partis pris » :

Notre premier parti pris est de considérer que les moyens que l'on consacre à la pauvreté sont indissociables des réformes et des transformations qu'il faut réaliser dans notre modèle social. Pour obtenir un effet réel sur les conditions de vie des plus modestes, il ne suffit pas d'augmenter les prestations, il faut aussi les transformer. Il s'agit d'un « parti pris » général qui dépasse le cadre de cet ouvrage.

Notre second « parti pris » consiste ici à nous limiter à des propositions qui n'ont pas pour condition ou pour conséquence d'impliquer davantage de moyens budgétaires. Elles n'ont pas pour ambition de régler la question de la pauvreté. Elles ont pour ambition de proposer des pistes pour s'attaquer à un effet, pour résoudre la question de la double peine au sens large.

Moyens budgétaires constants, cela signifie, toutefois, restituer aux plus modestes l'argent qui leur est dû, comme on l'a vu dans un chapitre précédent, à savoir l'argent du revenu de solidarité active et de la prime pour l'emploi. Qu'on n'accroisse pas l'effort budgétaire passe encore, mais que l'effort budgétaire en leur faveur soit plus faible qu'il y a cinq ans, alors que la crise a aggravé la situation depuis, serait d'un cynisme insupportable.

XVI

La nouvelle stratégie anti-pauvreté

La nouvelle stratégie que nous proposons se fonde sur l'idée que la double peine est un facteur bloquant dans notre système social. Qu'elle est au cœur de mécanismes d'une grande perversité et provoque des effets négatifs en chaîne.

Tout d'abord, elle empoisonne la vie des plus pauvres en aggravant leur situation. À des faibles ressources, elle ajoute un surcoût, qui n'est pas supporté par l'ensemble de la population. Elle contribue à ce que les dépenses contraintes des ménages les plus modestes aient presque doublé en trente ans.

Ensuite, elle entraîne des dépenses pour les budgets publics et contribue aux déficits sociaux qui limitent tant nos marges de manœuvre. Ce sont des dépenses publiques stériles. Puisqu'elles n'ont qu'un effet nul ou limité sur la réalité. Rappelons les éléments les plus édifiants qui le prouvent : une augmentation de 1 milliard d'euros des aides au logement qui, *in fine*, se traduit par 60 millions de réduction des loyers, soit un gaspillage de 94 % ! Une augmentation de 1 % du SMIC, qui coûte plusieurs centaines de millions d'euros d'allégements automatiques de cotisations sociales et qui ne fait progresser que de 0,3 % le revenu des salariés vivant de ce salaire minimum. Un gaspillage donc de 70 %. Une distribution inégalitaire des revenus dans une entreprise, avec, d'un côté, des revenus trop élevés et, de l'autre, des faibles salaires déclenche des dépenses publiques en sollicitant les mécanismes de soutien aux revenus les plus faibles que constituent le revenu de solidarité active, la prime pour l'emploi et les aides au logement.

Troisièmement, elle entraîne, pour mal la corriger, des mécanismes de compensation d'une complexité inouïe, qui s'enchevêtrent, s'annulent les uns les autres, s'empilent, impliquent des coûts de gestion élevés et un taux de non-recours qui peut être considérable pour certaines prestations, aides ou tarifs sociaux. Qu'il s'agisse de l'aide à l'acquisition d'une complémentaire santé, du revenu de solidarité active pour ceux qui travaillent, des tarifs sociaux pour l'énergie, il y a plus de personnes qui y ont le droit sans les toucher que de personnes qui les perçoivent effectivement !

Quatrièmement, la double peine aggrave les inégalités, en ajoutant aux inégalités les plus visibles – les écarts de revenu et de patrimoine – des inégalités masquées mais tout aussi réelles. Derrière un taux moyen de prise en charge des dépenses d'assurance maladie de 75 % du coût de la santé, se cachent des disparités considérables, qui peuvent aboutir à ce que, pour certaines personnes, le taux réel de prise en charge soit inférieur à la moitié des dépenses qu'elles engagent pour se soigner.

Cinquièmement, la double peine, mal corrigée, entraîne des effets de seuil redoutables qui enferment dans la pauvreté, créant des « trappes à pauvreté » et des « trappes à inactivité ». Il devient terrible de franchir ne serait-ce que d'1 euro le plafond de ressources pour bénéficier d'une aide. Il est risqué de reprendre du travail, car l'on ne sait pas si on va gagner ou perdre.

Enfin, elle augmente la stigmatisation des plus pauvres et le ressentiment du reste de leur population à leur encontre. Les plus modestes ne sont plus considérés comme des personnes qui souffrent de leur situation, mais qui bénéficient de privilèges. On ne voit pas les surcoûts auxquels ils font face, mais ceux que leur correction entraîne.

La nouvelle stratégie, en s'attaquant frontalement à la double peine, se propose d'atténuer l'ensemble de ses effets pour renouer avec davantage d'efficacité, moins de déperdition.

Elle se propose de compléter notre système de redistribution par un système de paiement en fonction des revenus.

Elle se propose de remplacer la multiplicité des tarifs sociaux, barèmes de prestations sociales et autres conditions d'éligibilité complexes, par une seule et même condition de revenu, qui, une fois calculée, serait applicable pour obtenir une tarification correspondant à ses besoins.

Elle se propose de garantir pour ceux qui

reprennent du travail, après une période de chômage ou une période résultant de minima sociaux, un gain net réel pour toute reprise d'emploi, sans mauvaise surprise, ni immédiate ni différée.

Elle repose sur un effort des pouvoirs publics, dans leur ensemble, pour que l'éclatement des interventions entre l'État, les régions, les départements, les communes, les caisses de Sécurité sociale, les grandes entreprises publiques, ne se traduit pas par des incohérences et une complexité dont les plus modestes sont les principales victimes.

Elle se propose de favoriser la lutte contre la double peine pour les biens et services produits par les entreprises privées, de telle sorte que l'État cesse de payer lui-même pour des aides dont le bénéfice final profite davantage à ces entreprises qu'aux personnes qu'elles sont censées soutenir.

La nouvelle stratégie ne prétend pas, loin de là, résumer la politique sociale, ni même la politique de lutte contre la pauvreté.

Ce que nous proposons, c'est de prendre en compte ce qui aggrave les situations de pauvreté. Si cette question est circonscrite à un problème parmi tous ceux qui ont trait à la pauvreté, elle n'en est pas moins aujourd'hui centrale, au même titre que la question de l'emploi. Si notre ambition est limitée, sa portée n'en est pas moins grande. Si cette question peut sembler marginale, le problème de la pauvreté réside parfois, justement, dans ses marges, à tous les sens du terme : des pauvres laissés à la marge, des pauvres sans marges de manœuvre, et des marges qui, dans l'économie, pénalisent les pauvres. Si on réduisait la double peine, on transformerait considérablement notre système. On l'a vu, par exemple, sur les questions de santé : s'attaquer à la double peine des restes à charge plus importants pour les plus modestes, c'est proposer une réforme de l'assurance maladie qui concerne l'ensemble de la population.

Notre stratégie, reconnaissons-le, s'intéresse à une dimension particulière de la pauvreté, pas à l'ensemble de ses composantes et de ses racines. Elle n'oublie pas que la réduction de la pauvreté passe avant tout par l'augmentation des ressources des plus modestes. Que le premier levier pour cela est l'accès à l'emploi et la possibilité, pour celles et ceux qui sont en âge de travailler, de tirer l'essentiel de leurs ressources de leur travail. Que le deuxième levier est la réduction des inégalités par un système de redistribution fondé sur l'impôt et les transferts sociaux et sur lequel, comme on l'a vu, il y a des marges de progrès certaines, puisque l'impôt est lui-même facteur de double peine.

Allons plus loin. Ne négligeons pas que la lutte en profondeur contre la pauvreté passe aussi par des canaux très indirects.

Pour que les plus modestes puissent voir les ressources tirées de leur travail augmenter, ce qui est certainement le facteur clé, existent plusieurs instruments, qui sonnent comme autant d'évidences : la réduction du chômage, la lutte contre le travail précaire, l'augmentation du salaire de base, l'accès à la qualification qui permet des augmentations de salaire.

Le taux de croissance économique est un élément facilitateur essentiel. Il est plus aisé de créer des emplois en période de croissance, à condition toutefois que la croissance soit orientée pour que ses fruits permettent la création d'emplois.

C'est pourquoi les politiques d'investissement, de formation, de recherche peuvent être des politiques de lutte contre la pauvreté, même si leurs effets sur la pauvreté sont plus indirects et sont à plus long terme.

Le soutien aux revenus par les transferts sociaux est aussi tributaire de la croissance. Pour qu'on puisse augmenter la « redistribution », il faut qu'il puisse y avoir de quoi l'opérer, et donc que la part de la richesse globale augmente. C'est ce qui a fonctionné avec succès pendant les fameuses Trente Glorieuses, qui sont à la fois des années de forte croissance et de fort progrès sociaux. Leurs effets sur la pauvreté ont été nets, entraînés par l'amélioration sensible des systèmes de retraite, qui ont un impact considérable sur la pauvreté des plus âgés, et par les prestations familiales qui ont, à elles seules, réduit de moitié la proportion d'enfants vivant sous le seuil de pauvreté.

Les vingt années qui ont suivi sont celles d'une croissance des dépenses sociales plus rapide que celle de la richesse nationale. La part redistribuée augmente sans que la masse à redistribuer suive. D'où l'augmentation des déficits sociaux, alimentant la dette, mais aussi l'augmentation du coût du travail, liée à une hausse nécessaire du taux de prélèvements, et donc des effets inverses sur l'emploi et, par conséquent, sur la pauvreté.

Et ce cercle vicieux bien connu : une augmentation de la précarité qui appelle des compensations sociales, entraînant une augmentation des dépenses sociales pesant sur la productivité et la compétitivité de l'économie, détruisant des emplois ou entraînant des ajustements par des emplois plus précaires, augmentant les besoins sociaux et ainsi de suite.

Si on résume, la situation à l'égard de la pauvreté est donc désormais la suivante : les leviers nécessaires pour augmenter les revenus du travail reposent sur des politiques qui ne portent leurs effets qu'à moyen terme, en partie tributaires du contexte mondial et de la capacité de la société dans son ensemble de renouer avec l'innovation, avec un système de formation efficace, avec un dynamisme entrepreneurial, avec une politique industrielle réussie, avec des investissements productifs judicieux.

Les leviers pour augmenter les transferts sociaux sont en panne et, probablement, le resteront pour quelques années. Des améliorations pourront être réalisées à la marge, mais il sera difficile de consacrer davantage de moyens à des besoins sociaux pourtant croissants : le vieillissement, la précarité, un taux de chômage durablement élevé. Avec un système social particulièrement rigide et dont il est difficile d'augmenter l'efficacité, parce qu'il est déjà extrêmement délicat de trouver un consensus sur la définition même de cette efficacité. On l'a constaté récemment avec le débat sur la mise sous conditions de ressources des allocations familiales ou le plafonnement du quotient familial, comme on le voit régulièrement sur la question des retraites ou la transformation de notre système de santé.

Dans un tel contexte, il ne faut pas négliger d'agir sur les dépenses des plus faibles, sur l'accès aux programmes qui leur sont adressés et la possibilité de conserver la plus grande partie des revenus qu'ils peuvent tirer de leur travail.

Une nouvelle stratégie fondée sur « la progressivité universelle »

La réduction des inégalités s'effectue principalement par un système redistributif. La distribution des revenus primaires obéit à ses propres règles (qui peuvent être le marché du travail, la valorisation des diplômes, la rémunération de la création de richesse, la capacité à créer des rentes), qui aboutissent à de fortes variations, à une « distribution » sur une échelle de revenus. La puissance publique prélève, normalement de manière progressive en fonction des revenus, pour redistribuer sous formes d'allocations, ou de services publics gratuits.

Les constats que nous avons faits dans les pages qui précèdent nous conduisent à considérer légitime que la nouvelle stratégie se fonde sur une plus grande progressivité des prélèvements conjuguée, avec une progressivité des tarifs et des coûts…

Ce choix ne va pas de soi.

Première objection possible. On peut en premier lieu considérer qu'il suffit de réduire les inégalités de revenus, et que c'est sur cette dimension que devraient se concentrer les efforts. Que l'on ne peut pas cumuler les avantages en organisant une double subvention : la subvention des revenus par les transferts sociaux, la subvention des dépenses par des tarifs « aidés ».

Mais force est de constater, tout d'abord, que la réduction des inégalités de revenus se heurte à de fortes limites. Il n'y a qu'à voir, dans la période récente, les difficultés extrêmes pour plafonner le quotient familial ou les oppositions vives à une taxation de 75 % de la partie des salaires supérieure à 1 million d'euros par an[1] ! Ou les stratégies de contournement quand des tentatives de régulation des rémunérations les plus excessives sont entreprises : le plafonnement des bonus ne s'est-il pas traduit par un relèvement du salaire des traders, qui l'a compensé ? Et plus largement, le sentiment de « matraquage fiscal ». Ce combat doit être poursuivi, sans abdiquer, mais les conditions de vie des plus modestes dans les années qui viennent ne peuvent pas en dépendre exclusivement. Et il est d'autant plus légitime si l'usage fait des ressources publiques est efficace. Pour reprendre notre exemple des aides au logement, difficile de justifier

1. Sur la réduction des inégalités, on peut se référer au rapport « Pour une régulation des hautes rémunérations », Terra Nova, groupe de travail présidé par Martin Hirsch et Gaby Bonnand, rapporteure Sandra Desmettre, 2012.

un prélèvement d'impôt d'1 milliard supplémentaire si son efficacité n'est que de 6 % ! Difficile de convaincre qu'il faille augmenter les transferts sociaux, si le taux d'emploi reste faible. Et difficile de considérer qu'il faille plus de ressources pour un système social qui détient le record du poids dans la richesse nationale.

Il faut admettre également que, même si les écarts de revenus étaient réduits, cela n'empêcherait pas le besoin de tarifs plus favorables pour les plus modestes. Pour la raison simple que la part de certaines dépenses, négligeable à partir de certains niveaux de revenus, reste lourde pour d'autres. Prenons l'exemple des cantines scolaires. Dans les écoles de Paris, le prix d'un repas varie de 0,14 euro pour les ménages les plus modestes à 5, 20 euros pour les familles les plus aisées. Pour une famille de deux enfants, la différence mensuelle est donc de 200 euros. Il faudrait une augmentation d'autant de leurs revenus pour qu'ils puissent supporter sans s'appauvrir le même tarif de cantine.

Deuxième objection. Le risque d'une ségrégation accentuée entre catégories sociales. Si l'on multiplie les tarifs selon les revenus, ne risque-t-on pas de stigmatiser la partie la plus modeste de la population ? De voir s'étendre des magasins spécialisés pour les plus pauvres ? De faire sentir, à chaque acte d'achat ou de consommation, aux plus modestes leur condition ? De créer des services à plusieurs vitesses ? De réinventer les wagons de première et deuxième classes qui existaient dans le métro jusqu'à une époque récente ? Mais reprenons l'exemple des cantines, cette fois pour s'intéresser aux cantines administratives, qui pour la plupart pratiquent des tarifs de repas liés à l'indice de rémunération. Personne ne s'en offusque. Au contraire, cela permet au directeur de déjeuner avec ses assistants, chacun pouvant manger la même chose pour des tarifs différents. Et mettre en place de manière plus étendue des tarifications en fonction du revenu ne signifie pas créer des produits ou des circuits spécifiques, bien au contraire.

Troisième objection : celle de la complexité et de l'usine à gaz. Faudrait-il produire son bulletin de salaire à chaque occasion ? Avant de monter dans un train ? De passer à la caisse d'un supermarché ? Les tarifs sociaux sont déjà compliqués, n'est-ce pas ajouter de la complexité à la complexité ?

Nous allons voir comment on peut au contraire simplifier et résoudre probablement les problèmes de non-recours dont nous avons vu l'ampleur.

Déploiement de la nouvelle stratégie

Mesurer et observer pour mieux combattre

La double peine est réelle depuis des décennies en France. Elle n'a pourtant jamais fait l'objet de la moindre étude officielle, du moindre rapport public, dans un pays qui cependant ne rechigne pas à faire des rapports. Certes, des comptes rendus officiels ont tenté d'expliquer la différence entre le pouvoir d'achat tel qu'il est mesuré par les statistiques officielles et tel qu'il est ressenti par les consommateurs. Le sujet a été effleuré, il n'a jamais été analysé de fond en comble. L'étude à laquelle nous nous sommes référés à plusieurs reprises résulte d'une initiative associative. Elle est probablement la seule disponible à ce jour.

Il y a une incompréhension récurrente entre les gouvernants et l'opinion publique sur les coûts et le pouvoir d'achat. D'un côté, une plainte de l'opinion publique à l'encontre d'une vie qui coûte de plus en plus cher. De l'autre, des dénégations des pouvoirs publics s'appuyant sur les statistiques officielles : l'inflation, l'évolution du pouvoir d'achat. Seulement, l'un et l'autre ne parlent pas de la même chose. Les pouvoirs publics utilisent des statistiques tout à fait exactes mais pas toujours pertinentes. Ils se fondent sur des statistiques moyennes, qui s'appliquent à toute la population, et ne prennent pas en compte spécifiquement la situation des plus modestes. L'inflation subie par ces derniers est, depuis vingt-cinq ans, durablement plus élevée que l'inflation générale. Elle a progressé plus vite de 1 % entre 1996 et 2006[1]. Ce n'est pas un artefact puisque les Anglais ont observé exactement le même phénomène. « Nous avons trouvé que les ménages à faible revenu subissaient, au cours des dix dernières années, des taux d'inflation supérieurs aux ménages plus

1. Source : rapport Moati/Rochefort, « Mesurer le pouvoir d'achat », Conseil d'analyse économique, 2008, p. 55-57.

aisés. » L'écart mesuré par les chercheurs est de 0,6 % d'inflation par an[1].

La réponse utilisée par de nombreux ministres de l'Économie a été pendant longtemps de s'engager à publier l'évolution du « caddy » moyen. Ils sont nombreux à s'être engagés au journal de 20 heures à communiquer, tous les six mois ou tous les ans, le prix du caddy plein pour montrer l'efficacité de leur politique et leur volonté farouche de préserver le pouvoir d'achat des Français. Mais le caddy de supermarché ne tient pas compte de l'ensemble de ces phénomènes qui surenchérissent le coût de la vie. Il ne contient pas de facture d'électricité ou de quittance de loyer !

Et les caddys types se perdent. Le *turn-over* des ministres évite la cruauté de suivre leur évolution dans le temps et permet à chaque ministre de refaire le coup avec l'illusion de la nouveauté[2]. Et pendant ce temps-là, la pauvreté coûte de plus en plus cher.

Pour combattre la double peine, il faudrait mettre en plus les moyens d'observation et de mesure, en s'appuyant sur les travaux des associations de consommateurs. Leurs enquêtes pourraient être relayées par des organismes publics qui pourraient infirmer ou confirmer de manière officielle les constats mis à jour.

1. Peter Levell et Zoe Oldfield, « The Spending Patterns and Inflation Experience of Low-income Households Over the Past Decade », Institute for Fiscal Studies, 2011.

2. Le dernier à s'être livré à l'exercice est probablement Thierry Breton, ministre de l'Économie et des Finances du gouvernement Villepin de 2005 à 2007.

Des études, secteur par secteur, de la double peine pourraient être réalisées, servant de fondement à l'action.

Créer l'instrument : « le coefficient solidaire »

Il existe, on l'a vu, de multiples tarifs sociaux qui dépendent de revenus ou qui ne sont accessibles que sous conditions de ressources : pour les transports, pour les cantines, pour l'électricité, pour le gaz, pour les colonies de vacances. Les conditions d'obtention ne sont pas toujours les mêmes, les formulaires à remplir diffèrent d'un service à l'autre, certains comportent plusieurs barreaux sur une échelle de tarifs, d'autres un seul tarif social. Dans certains cas, il n'existe pas de tarif social, mais des aides versées a posteriori pour les ménages les plus en difficulté, comme pour la facture d'eau où il est fait appel à un fonds de solidarité.

Pour progresser vers une tarification en fonction du revenu, il serait créé un « coefficient solidaire » valable pour l'ensemble des postes de dépenses susceptibles d'être concernés par des tarifs sociaux. Calculé en fonction du revenu, pondéré par les charges de famille, comme l'est le quotient familial, pouvant être actionné par un numéro unique dont serait dépositaire chaque ménage, comme il détient son numéro de Sécurité sociale ou ses différentes cartes de réduction, de transport et d'abonnement.

À chaque tranche de revenus, serait affecté un coefficient permettant l'application de tarification progressive. Ainsi, pour l'électricité et le gaz, donner ce numéro conduirait automatiquement à l'inscription du tarif correspondant. On peut, par exemple, imaginer que si le tarif est de 100 pour ceux qui ont le revenu médian, il soit de 90 pour ceux qui sont 20 % en dessous du revenu médian, de 80 pour ceux qui sont 30 % au-dessous du revenu médian, et de 70 % lorsque les revenus sont inférieurs de 40 % au revenu médian, c'est-à-dire en dessous du seuil de pauvreté. En sens inverse, une majoration de 10 % pourrait être appliquée lorsque les revenus sont le double du revenu médian, de 20 % lorsqu'ils sont triples du revenu médian.

Ce système aurait de multiples avantages. Il n'y aurait plus à remplir autant de formulaires qu'il y a de services. Il n'y aurait plus de coûts de traitement. La question du non-recours serait résolue. Il ne s'agirait plus de demander l'application d'un tarif spécial, justifications particulières à l'appui, mais de faire valoir un coefficient comme tout le monde. La facilité de gestion rendrait beaucoup plus facile de pratiquer des tarifs, ayant une certaine progressivité, évitant les effets de seuil, plutôt que l'application d'un tarif unique. L'usage pourrait devenir aussi familier que celui de la carte Vitale, qui contient l'ensemble des informations nécessaires pour bénéficier du tiers payant, avec des terminaux en permettant la lecture dans les établissements, de santé, chez les pharmaciens et les médecins.

Comment mettre cela en place ? Cela peut l'être simplement par les services fiscaux. Au moment de la déclaration du revenu, dans lequel figurent tous les revenus et les charges familiales, serait communiqué un numéro comportant le coefficient correspondant. Si on estime qu'il faut davantage tenir compte des variations de revenu dans l'année, ce coefficient pourrait être mis à jour chaque trimestre. Cette mise à jour pourrait être faite sur le même site que celui où l'on remplit sa déclaration électronique pour l'impôt sur le revenu.

Avec ce « coefficient solidaire » il devient plus facile de mettre en place un « bouclier énergie » et le « bouclier sanitaire ».

Concrétiser le bouclier énergétique

C'est une recommandation de la commission qui a mené le débat sur la transition énergétique jusqu'en juillet 2013 : « Mettre en place un bouclier énergétique global (chèque énergie, etc.), visant à terme la substitution aux tarifs sociaux actuels, qui permette d'aider l'ensemble des ménages précaires, y compris ceux qui sont aujourd'hui exclus des tarifs sociaux (portant uniquement sur l'électricité et le gaz), et d'éviter les situations de privation. Parallèlement, impliquer le service public de l'énergie dans l'accompagnement des consommateurs en situation de précarité. »

Pour les familles modestes, l'énergie représente en moyenne 10 % du budget global. Une dépense de 1 700 euros par an. Le patron d'EDF annonce une hausse de 5 % par an des prix de l'électricité.

Le gaz connaît la même tendance. Une facture d'énergie de 2 000 euros par an passera dans cinq ans à plus de 2 500 euros, soit une augmentation de 45 euros par mois à supporter.

Toutes choses égales par ailleurs, à niveau de chômage équivalent, à proportion de personnes vivant sous le seuil de pauvreté inchangée, c'est donc une dégradation importante des conditions de vie qui résulterait de la seule augmentation du prix de l'énergie. On comprend l'enjeu considérable chaque fois qu'il est question d'augmentation des tarifs, conduisant à des conflits entre EDF et GDF et leur actionnaire, l'État. Cela explique aussi les enjeux sur la maîtrise de la consommation de l'énergie avec la réhabilitation des logements : aujourd'hui, une vraie politique de maîtrise de l'énergie est l'un des éléments majeurs de la lutte contre la pauvreté et la précarité.

Les tarifs sociaux sont une réponse notoirement insuffisante au regard de l'ampleur du problème : outre qu'ils ne touchent pas toute leur cible, ils n'allègent que très peu la facture, d'environ 8 euros par mois, moins de 10 % du coût. Par ailleurs, au risque d'un mauvais jeu de mots, la gestion est une véritable usine à gaz. « Un point d'entrée unique est indispensable pour assurer l'interface entre les organismes sociaux, l'administration fiscale et les fournisseurs, et informer sans doublon les bénéficiaires. En effet, seule une interface unique est à même de répartir les ayants droit communiqués par les différents organismes d'assurance maladie, entre les 160 fournisseurs d'électricité sur le territoire et les 30 fournisseurs de gaz.[1] »

Une véritable tarification en fonction des revenus, garantissant que la facture énergétique ne dépasse pas une certaine proportion de ces revenus, devient donc indispensable.

Après avoir montré l'effroyable complexité des tarifs sociaux, le rapport suggère, à la place, un chèque énergie, plus simple, autofinancé par un prélèvement sur l'ensemble des sources énergétiques. Une manière de répondre enfin efficacement à la « double peine énergétique ».

Le même système pourrait être étendu à l'eau alors que certaines communes commencent à appliquer une tarification sociale et que la loi du 13 avril 2013 a ouvert la voie à la possibilité de tarifications variant sur le revenu.

Instaurer le bouclier sanitaire

Les barrières financières à l'accès aux soins existent dans notre pays. Elles ne sont pas abaissées. Les difficultés se sont aggravées. Le renoncement aux soins concerne l'optique, le dentaire, mais va désormais bien au-delà. La partie de la population qui ne possède pas de couverture complémentaire est particulièrement concernée, mais celle qui en dispose n'est pas complètement à l'abri. Si les plus modestes sont mieux pris en charge grâce à la

1. Voir le rapport d'audit sur les tarifs sociaux de l'énergie, en juillet 2013, par Bruno Lechevin, président de l'ADEME (Agence de l'environnement et de la maîtrise de l'énergie).

couverture maladie universelle, les effets de seuil de cette protection sont redoutables : à 1 euro de revenu près, il faut acquérir une mutuelle, avec une aide insuffisante et insuffisamment utilisée. La récente loi qui étend le bénéfice d'une couverture complémentaire ne touche que les salariés. Elle laisse de côté une partie de la population qui risque de faire face à un coût plus élevé de ces couvertures complémentaires.

Elle a provoqué le cri d'alarme de cent quarante personnalités, de gauche comme de droite, dénonçant une dérive qui « désolidarise la société », faisant coexister « une logique d'assistance pour les plus pauvres et une logique d'assurance pour les plus riches[1] ». Ces personnalités dénoncent la part plus importante prise par les assurances complémentaires, dont la cotisation n'augmente pas en fonction du revenu des assurés. Le glissement du curseur entre l'assurance maladie obligatoire et la couverture complémentaire renchérit donc le coût pour les ménages modestes, dès qu'ils dépassent le seuil de la couverture maladie universelle.

Le bouclier sanitaire répond à ce problème, c'est-à-dire d'un plafond absolu de la participation du malade qui ne puisse jamais être dépassé, qu'on soit peu ou très malade, qu'on ait rarement ou souvent recours au système de soins.

Contrairement à ce qui est souvent dit, considérer que deux personnes consommant les mêmes soins n'auront pas à sortir de leur poche les mêmes

1. « Pour un débat public sur la santé », *Le Parisien*, 25 août 2013.

sommes, lorsque leurs revenus sont différents, n'est pas remettre en cause les principes de l'assurance maladie, hérités du Conseil national de la Résistance et mis en œuvre par le fondateur de la Sécurité sociale, Pierre Laroque. À aucun moment, le Conseil n'a prôné le renoncement aux soins pour des raisons financières et l'inégalité d'accès au système de santé, entre les plus aisés et les plus modestes.

De la même manière que la Sécurité sociale avait été fondée sur un consensus politique, le bouclier sanitaire peut également réunir un consensus, après avoir fait la quasi-unanimité contre lui ! En effet, la gauche peut, si elle se penche sur la question, y retrouver une réduction des inégalités et une meilleure protection pour les plus modestes. La droite peut y retrouver le principe d'une franchise et d'une participation des patients, bien évidemment plafonnée, et les uns et les autres peuvent s'accorder sur une protection plus efficace n'entraînant pas de dépenses d'assurance maladie supplémentaires.

Réfléchir à un « bouclier jeux d'argent »

Quand 1,5 % du PIB est consacré aux jeux d'argent et que les grands joueurs sont concentrés parmi les revenus les plus faibles, il est difficile de continuer à ignorer le sujet. Il y a un décalage étonnant entre, d'un côté, le montant des sommes jouées, du nombre de joueurs, des prélèvements opérés et, de l'autre, la faible place de ce sujet dans le débat public. Les mises augmentent avec la crise et le jeu aggrave la pauvreté.

Le rapport parlementaire le plus complet sur le sujet a plus de cinq ans[1] ! Le sénateur qui en est l'auteur notait que « l'État est vertueux et rigoureux en apparence mais si âpre au gain que son comportement apparaît ambigu ». Qu'en termes élégants ces choses sont dites !

Il n'y a probablement pas de solution simple à ce problème. Mais entre une impossible prohibition et un encouragement implicite des comportements de jeux, il existe pour le moins un espace pour une réflexion à mener. Le développement des jeux est-il un objectif en soi ? Quel serait le meilleur équilibre pour des jeux ayant le plus faible impact négatif sur les finances des personnes modestes ? Quelle politique de prévention conduire ? Les études sont rares sur les conséquences des pratiques du jeu, sur son économie, sur d'éventuelles alternatives, sur les raisons de l'augmentation très sensible de la part du jeu dans le budget des ménages.

Trouver un dérivatif aux jeux d'argent avec d'autres motifs d'espérer ? Modifier le modèle économique pour que l'État trouve moins d'intérêt direct à la croissance de ce secteur ? Ce n'est pas parce que le sujet est délicat qu'il faut l'occulter.

1. François Trucy, Rapport d'information sur l'évolution des jeux de hasard et d'argent, Sénat, 2006.

Inventer les « PPPAP » :
partenariats public-privé anti-pauvreté

Il y a quelques années a surgi la mode des « PPP », les partenariats public-privé : confier la réalisation d'un équipement public au secteur privé qui puisse en financer l'investissement, en assurer l'exploitation ou le mettre à disposition du secteur public moyennant un loyer. Les PPP ont mauvaise presse. Le dernier grand hôpital à avoir été ouvert en région parisienne, celui de Corbeil-Évry, est un PPP qui coûte plus cher qu'un hôpital classique et qui semble, en tout cas à son démarrage, fonctionner moins bien. Il faut dire que l'alliance entre une puissance publique qui cherche à réduire ses coûts et de grands consortiums privés qui visent à maximiser leurs profits n'est pas forcément gage de réussite, mais plutôt de contradictions.

Ce que nous proposons est d'une tout autre nature. Nouer des partenariats avec des entreprises qui renonceraient, pour remplir un but social, à réaliser du profit, ou, dans certains cas, à le maximiser.

Si on estime légitime de faire baisser le coût pour les familles modestes de certains biens et qu'une ou plusieurs entreprises productrices et distributrices de ces produits sont volontaires pour y contribuer, peut-on imaginer un partenariat structuré, à grande échelle, visant à donner accès à ces produits à toute la population concernée ?

Reprenons l'exemple de l'alimentation infantile. Que faudrait-il pour qu'un tel programme se généralise dans un délai raisonnable plutôt qu'en un siècle ? Une première solution serait que les administrations publiques disposant des fichiers des centaines de milliers de familles concernées puissent leur transmettre l'information dans les mêmes conditions que l'information est transmise sur les prestations sociales.

En pratique, cela signifierait transposer le modèle Healthy Start en France, avec le même gain pour les familles, mais sans dépenses publiques. Les Anglais ont démontré qu'il était possible, par une gestion avisée des fichiers des familles, de gérer la distribution de bons de réduction pour plusieurs millions de familles, avec une équipe d'une cinquantaine de personnes ; en France, on a su mettre en place une agence, l'Agence de services et de paiement, dont le rôle initial était de gérer les milliards d'aides aux agriculteurs, puis dont le rôle a été élargi à la gestion de la plupart des aides, à l'exception des prestations sociales : les aides à l'emploi, la prime à la casse quand elle existe, l'indemnité des volontaires en service civique et de nombreuses autres. Sur le même modèle, une petite équipe pourrait gérer un « Programme Malin généralisé ». La seule différence avec les programmes habituels serait que ces aides ne résulteraient pas d'un subventionnement public, mais d'un effort consenti par les entreprises pour renoncer à tout ou partie de leur profit.

Concrètement, cela signifierait que les caisses d'allocations familiales seraient officiellement chargées de veiller à ce que leurs fichiers puissent permettre d'envoyer à toutes les familles éligibles un formulaire d'inscription, soit en transmettant leurs fichiers à l'organisme chargé de gérer le programme, soit en assurant elles-mêmes la première information.

Pour que cela se réalise, il faut une véritable « volonté politique ». Cela ne peut pas se faire spontanément. Il faut définir un cadre juridique sécurisé pour que cela entre dans les missions de service public de la CNAF, pour qu'un tel programme ne soit pas accusé de violer les dispositions de la loi « informatique et libertés », ou de fausser le jeu de la concurrence.

Ainsi, l'on pourrait procéder de deux manières : l'État identifierait des secteurs et des produits sur lesquels il solliciterait les entreprises, par une sorte d'appel d'offres ou d'appel à projets ou à répondre à des idées d'entreprises. Exactement comme nous avons fait pour initier le Programme Malin.

De cette façon, il serait possible de faire reconquérir entre 1 et 3 % de pouvoir d'achat aux familles modestes. Le revenu moyen des 10 % de la population est de 750 euros par mois. Pour leur faire gagner 2 % de pouvoir d'achat, il y a deux solutions : la première consiste à augmenter les prestations sociales pour donner 15 euros de plus par mois et par foyer à 8 millions de personnes, ou à 4 millions de ménages. Le coût annuel approximatif serait d'1 milliard d'euros par an. La seconde solution est de réduire la double peine dans des proportions telles qu'elle leur procure une économie d'un montant équivalent, sans coûter un centime à l'État.

Pour trouver l'équivalent du milliard, le compte peut être vite fait :

– étendre le programme de lunettes à 400 000 personnes, avec une économie de 250 euros par paire de lunettes : gain potentiel : 100 millions d'euros par an ;

– étendre le Programme Malin à 200 000 enfants nés sous le seuil de pauvreté, avec une économie mensuelle de l'ordre de 35 euros pour les familles concernées. Gain potentiel : 80 millions d'euros par an ;

– mettre en place un programme de réparation de voiture sur le modèle de « Mobiliz » mis en place par Renault[1], avec une économie annuelle de l'ordre de 300 euros pour 50 000 personnes. Gain potentiel 15 millions d'euros.

Avec trois programmes sur trois produits, il est possible de viser un gain de 200 millions d'euros pour les ménages, sans coût supplémentaire pour l'État !

Une quinzaine de programmes de ce type pourraient être mis en œuvre pour atteindre un effet d'1 milliard d'euros par an.

L'un d'entre eux pourrait concerner le crédit à la consommation dont l'encours annuel est de près de 50 milliards d'euros. Si, pour 10 % de ces crédits, le taux d'intérêt diminuait de 1 %, ce

1. Mobiliz, initié par Renault avec l'Action Tank (voir « Annexes », p. 205), est un programme qui vise à réduire les coûts de la réparation automobile pour les personnes aux revenus modestes, avec un réseau de garages solidaires.

serait ainsi 500 millions d'euros de double peine qui seraient effacés.

Soutenir le « social business »

Le « *social business* » est une expression utilisée par le Prix Nobel de la paix du Bangladesh, Muhammad Yunus, inventeur du microcrédit. « *No profit, no loss* », « Pas de profit, mais pas de perte ». Est-ce différent de l'économie sociale que nous connaissons en France ? Pas fondamentalement. Je me suis amusé un jour à taquiner le Professeur Yunus en lui disant que le vrai inventeur du « *social business* », c'était l'abbé Pierre, dont il ignorait l'existence mais dont il découvrit les réalisations en allant, fin 2009, visiter les ateliers du Bocage, dans les Deux-Sèvres, où l'on donne une seconde vie aux téléphones portables et aux ordinateurs.

Économie sociale, économie solidaire, *social business* : différents termes traduisent des initiatives toutes prises dans le même esprit. Mettre de côté la recherche d'une maximisation des profits pour inverser les priorités. Cela donne lieu à de nombreuses expressions, parfois galvaudées, comme « mettre l'économie au service de l'homme ».

L'inversion des priorités est réelle. Elle peut conduire à recruter des personnes dont la productivité est plus faible. Garder des effectifs supplémentaires, plutôt que de les renvoyer à l'aide sociale.

Sur un plan théorique, il faut admettre qu'une économie harmonieuse nécessite un équilibre entre des secteurs visant les gains de productivité et d'autres pouvant fonctionner avec une productivité plus faible, pour inclure des personnes qui ne trouveraient pas leur place dans une économie qui tourne trop vite, trop exigeante.

Cela signifie, par-delà les questions de productivité, admettre que le seul facteur de compétition ne doit pas être la concurrence entre les capitaux pour obtenir le retour sur investissement le plus élevé. Ainsi, lorsque des investisseurs exigent un retour sur investissement supérieur à 15 %, des entreprises ferment des usines qui sont rentables, profitables, mais moins que d'autres.

Il faut donc que des entreprises se débarrassent de cette exigence, pour ne pas se fonder uniquement sur un darwinisme économique impitoyable, qui élimine une partie de la société.

L'économie sociale est rarement née dans le giron de grandes entreprises. Elle est plutôt le fruit de multitudes d'initiatives à petite échelle, souvent portées par des acteurs sociaux. Certaines ont pris une ampleur gigantesque pour virer dans l'économie classique. D'importantes banques comme le Crédit Agricole ont commencé par être des coopératives. Une grande entreprise comme Essilor également.

Pour avoir un impact sur de larges populations, de très grandes entreprises pourraient-elles réaliser une partie significative de leur activité sous forme de *social business* ? C'est l'intérêt des *joint ventures*, initiées par le Professeur Yunus au Bangladesh avec plusieurs entreprises, dont certaines sont françaises

(Danone, et dans son sillage, Schneider Electric, Veolia, le Crédit Agricole).

Quelles sont les conditions pour que cela advienne ? Il faut bien entendu des facteurs personnels, comme des dirigeants qui y croient, qui ont une certaine conception de l'économie et du facteur humain et qui souhaitent réconcilier l'économique et le social. Mais cela n'est pas suffisant pour que ce phénomène prenne de l'ampleur.

Pour cela, il faut que ce soit vraiment dans l'intérêt de l'entreprise. Quel peut être cet intérêt ? Ne pas voir une partie du marché lui échapper. Ne pas voir sa base se rétrécir : « attraper » une clientèle pauvre peut être aussi stratégique que « capter » une clientèle riche. Car les pauvres sont nombreux, de plus en plus nombreux – malheureusement –, et parce que, heureusement, un grand nombre d'entre eux sortira de la pauvreté. Entrer dans la logique du *social business* permet de répondre à des besoins sociaux dans des conditions que ne peut pas atteindre l'économie classique. Libérés de la contrainte de la maximisation du profit, d'autres modèles économiques peuvent ainsi voir le jour.

L'État peut favoriser le *social business*, y compris sur le plan fiscal. Aujourd'hui, une entreprise qui fait des dons à une association d'intérêt général, peut les déduire pour obtenir des réductions fiscales. Pourquoi ne pas étendre ce régime aux entreprises qui feraient don de leur « profit », en cantonnant une partie de leur activité dans un secteur non lucratif ? Une telle solution pourrait être adaptée dans certains cas où l'État considérerait comme moins onéreux de partager les coûts d'une intervention sociale entre l'État et les entreprises, l'État ne supportant que la moins-value fiscale.

Comment inciter les entreprises à multiplier les *social business* ?

Le paradoxe actuel est que les entreprises sont régies par un article du Code civil... qui les oblige à partager le profit entre les actionnaires ! L'article 1832 du Code civil dispose, en effet, que « la société est instituée par deux ou plusieurs personnes qui conviennent par un contrat d'affecter à une entreprise commune des biens ou leur industrie en vue de partager le bénéfice ou de profiter de l'économie qui pourra en résulter ». Il n'est pas écrit qu'une société peut se constituer pour satisfaire plusieurs objectifs, dont l'un d'entre eux peut être de répondre à des besoins sociaux. Ce n'est pas le droit qui transforme la société mais cela peut être le droit qui bloque la société.

Passer au « RSA 2 »

Il ne faut se laisser intimider ni par ceux qui voient dans le revenu de solidarité active la quintessence de l'assistanat, ni par ceux qui en dénoncent le caractère incitatif au travail[1] et, *horresco referens*, une première marche vers le « *workfare* ». Il faut, en revanche, écouter toutes celles et tous ceux – allocataires, experts, praticiens, élus – qui disent que le système est trop complexe. Il l'est

1. Dominique Meda *et alii*, *Le Monde*, 17 juillet 2013.

manifestement et ceci pour deux raisons : la première est que la réforme a été laissée au milieu du gué. La seconde parce qu'il a été construit dans un climat de méfiance vis-à-vis des allocataires, assorti de conditions difficiles à remplir. Il y avait une volonté d'endiguer l'afflux de demandes. Elle a été exaucée au-delà de tous les vœux, avec un taux de non-recours important.

Une politique efficace contre la pauvreté doit comprendre un revenu minimum et des revenus de remplacement pour tous ceux qui peuvent, temporairement ou durablement, être dans l'incapacité de travailler. Mais elle doit être assortie de l'assurance absolue que toute activité ou toute reprise du travail présente un caractère rémunérateur. Si l'on se contentait d'appliquer la récente jurisprudence du Conseil constitutionnel qui définit, pour les plus hauts revenus, l'impôt confiscatoire, aux plus modestes, cela serait déjà un progrès pour nombre d'entre eux !

La réduction des allocations sociales déclenchée par un gain tiré du travail doit être analysée exactement comme un impôt sur le travail. Il n'y a aucune raison dans ce cas que les plus modestes où les chômeurs soient davantage taxés que les plus riches. C'est ce principe qui doit guider l'analyse de tous les mécanismes de soutien aux revenus faibles et une lutte contre la pauvreté efficace, soucieuse de soutenir chacun dans son retour à l'emploi ou dans ses efforts lorsqu'il vit avec un emploi précaire.

Cela impliquerait de grands changements par rapport au système actuel et dont le système idéal serait le suivant :

– la fusion tant attendue entre la prime pour l'emploi et le revenu de solidarité active ;

– l'intégration de tout ou partie des aides au logement dans le revenu de solidarité active ;

– la mise en place d'un système analogue pour ceux qui perçoivent des allocations chômage, pour éviter une perte de revenu en cas de reprise d'emploi, assortie d'une plus grande dégressivité des allocations chômage, au moins pour les plus élevées.

Pour les jeunes qui ont moins de 25 ans, on peut concevoir qu'il soit complexe de leur donner accès au revenu minimum dès 18 ans et l'on peut comprendre la crainte, qui d'ailleurs dépasse les clivages politiques traditionnels, puisqu'elle est partagée par la droite et la gauche, de ne pas voir une telle mesure traduite par une amélioration du taux d'emploi des jeunes, ce qui est la priorité logique pour cette tranche d'âge. En revanche, il y a un point sur lequel il ne devrait pas y avoir la moindre tergiversation : les jeunes qui ont un emploi, souvent précaire, souvent mal payé, ne devraient pas être exclus d'un mécanisme de soutien, puisqu'ils payent les mêmes cotisations, les mêmes impôts que les autres.

Les jeunes sont finalement victimes d'une quadruple peine :

– ils sont parmi les rares en Europe à ne pas

avoir droit à un revenu de subsistance, alors que quasiment tous les pays – à commencer par l'Allemagne et le Royaume-Uni – qui ont un revenu minimal le rendent accessible dès 18 ans ;

– le niveau du SMIC pèse sur leur niveau de chômage, plus que pour toute autre catégorie ;

– leurs difficultés d'insertion dans l'emploi et leur taux de chômage élevé, qui en résulte, font craindre les effets qu'aurait l'instauration d'un revenu minimum, de droit commun ;

– lorsqu'ils travaillent, bien que payant les mêmes impôts et les mêmes cotisations sociales, ils ne bénéficient pas des mêmes droits ni des mêmes revenus.

On peut proposer une solution iconoclaste pour sortir de ce cercle vicieux, qui puisse agir tant sur l'emploi que sur le revenu des moins de 25 ans.

Pour cela, prenons la liberté d'emprunter un chemin escarpé et broussailleux, en nous interrogeant sur un beau tabou. Les gouvernements qui ont essayé de créer un contrat spécifique pour les jeunes apportant moins de garantie que les contrats de droit commun ont tous essuyé de fameux déboires. Alors qu'ils voulaient agir sur le chômage des jeunes, ils ont mis au moins 1 million d'entre eux, chaque fois, non pas à l'emploi mais dans la rue, forçant le gouvernement à faire marche arrière. La première fois, c'était pour un « SMIC jeune » baptisé « CIP », inventé par le gouvernement d'Édouard Balladur. La deuxième fois, une dizaine d'années après, il s'est agi du « contrat première embauche », un contrat comportant, pour l'employeur, beaucoup plus de flexibilité que les contrats de travail de droit commun. Les seules mesures en faveur de l'emploi des jeunes qui ne déclenchent pas leur hostilité sont celles qui subventionnent leurs emplois.

Cela conduit cependant à une situation inextricable. D'un côté, on ne peut qu'être hostile à l'idée qu'à travail égal un jeune de 23 ans perçoive un salaire différent de celui d'un salarié de 45, 35 ou même 28 ans ! Différencier le salaire minimum en fonction de l'âge n'est pas défendable. Pourtant, la grande majorité des économistes considèrent que le niveau actuel du SMIC, indifférencié en France, joue au détriment de l'emploi des jeunes. À cette situation qui est la même depuis des années, s'ajoute un nouveau facteur depuis la création du revenu de solidarité active : les jeunes de moins de 25 ans n'y ont pas le droit. Il en résulte que, si l'on prend deux salariés à mi-temps, l'un de 24 ans, l'autre de 26, payé l'un et l'autre au SMIC, l'un percevra 250 euros de RSA en plus chaque mois, l'autre non ! On ne peut pas trouver la moindre raison justifiant cette différence. L'un et l'autre travaillent autant, ont probablement les mêmes besoins, les mêmes loyers.

Pourquoi ne pas réparer cette injustice dans les conditions les plus favorables à l'emploi ? L'idée serait la suivante. Les jeunes auraient le droit au RSA activité, avec le même ordre de grandeur que le RSA de droit commun. Mais on pourrait admettre que, jusqu'à 25 ans, la moitié de cette somme serait consacrée à réduire leur coût du travail, pour que, bien que payés au SMIC, ils puissent coûter moins à leur employeur. Le montant du RSA n'aurait pas besoin d'être calculé de manière aussi sophistiquée qu'il l'est aujourd'hui. On peut donc imaginer des barèmes plus simples : un jeune qui gagne l'équivalent du SMIC aurait le droit à 100 euros de RSA par mois, pour trois quarts du SMIC, 150 euros, pour la moitié du SMIC, 200 euros et à nouveau 150 euros pour un salaire au quart du SMIC. Dans le premier cas, 25 euros lui seraient dus et 75 à son employeur, dans le deuxième cas, 75 et 75, dans le troisième cas, 125 à lui et 75 à l'employeur et, dans le dernier cas, 75 à chacun. Le coût du travail serait abaissé de 7 à 15 % et les revenus du jeune du même pourcentage. Gageons que cela aurait un double effet positif, sur le taux d'emploi des jeunes et sur le taux de pauvreté des jeunes.

Conclusion

C'est devenu cher d'être pauvre et cela coûte cher à la société de mal traiter la pauvreté.

Ceux qui ont les ressources les plus faibles, malgré des aides qu'on leur reproche de toucher, supportent un coût de la vie plus élevé. C'est ce paradoxe que nous avons exploré et que l'on peut résumer de manière très simple.

Prenez un ménage modeste, avec des revenus qui le situe près du seuil de pauvreté. Faites-lui franchir un bond sur l'échelle des revenus, pour le propulser dans une tranche de revenus supérieure. Tout se passe comme s'il recevait deux « *golden hello* », deux cadeaux de bienvenue. Une ristourne d'impôts de 5 % et une carte de réduction pour ses postes de dépenses de 6 à 8 %.

Il aura également la bonne surprise de découvrir qu'une fois intégré dans une classe de revenu supérieure, pour chaque augmentation de salaire ou du nombre de ses heures payées, il en gardera une part plus importante dans sa poche que lorsqu'il cherchait à survivre dans la pauvreté.

Il aura vite oublié sa condition précédente. Il trouvera normal que sa banque lui propose désormais un prêt personnel à 4 % et non plus un crédit à la consommation avec des taux d'intérêts de plus de 10 %. Il apprendra même qu'il peut facilement négocier pour avoir un peu moins, en faisant valoir que, sinon, il ira chez la concurrence. Il voyagera davantage avec sa voiture, un modèle récent qui consomme nettement moins que son véhicule précédent hors d'âge. Libéré des tracas du bouclage de son budget pour la seconde moitié de chaque mois, il sera vite convaincu qu'il paye trop d'impôts, sans prendre conscience que son taux moyen d'imposition est plus faible que celui qu'il subissait auparavant. Il rejoindra ceux qui dénoncent les abus dans le système de soins, à l'abri désormais de tout risque de devoir faire un sacrifice pour se soigner. Et bientôt, convaincu que son pays fait déjà beaucoup pour les pauvres, il réduira ses dons aux œuvres, parce que, décidément, ils feraient mieux de s'en sortir par eux-mêmes et puis, après tout, avec tout ce qu'on paye déjà, il serait logique que l'État s'en occupe plus efficacement.

Moins visibles que les inégalités de revenu et de patrimoine, les inégalités face aux dépenses n'en sont pas moins redoutables. Tout se passe comme s'il y avait, dans notre pays, un impôt spécifique sur la pauvreté qu'on peut appeler « double peine », et qui représente 2 milliards d'euros, en surcoûts divers, répartis sur les 8 millions de personnes vivant sous le seuil de pauvreté.

Notre pays aura du mal à consacrer davantage de ressources aux plus pauvres. D'abord, parce que les caisses sont vides et que la priorité est à la réduction des déficits. Ensuite, parce qu'il détient déjà le record des dépenses sociales, auxquelles il consacre un tiers de sa richesse, sans pour autant avoir pu réduire la pauvreté. Enfin, parce que les leviers traditionnels que les pouvoirs publics avaient l'habitude d'actionner semblent impuissants à endiguer les phénomènes de pauvreté.

Le risque de voir basculer davantage de personnes dans une situation insoutenable est réel. Ils sont nombreux à vivre à quelques dizaines d'euros près chaque mois, redoutant la dépense imprévue ou l'augmentation de tarif programmée.

Les stratégies classiques de lutte contre la pauvreté, ou de compensation des effets de la pauvreté, semblent enfermées dans un cercle vicieux. Plus de précarité entraîne plus de recours à des aides, neutralisées par des coûts plus élevés. L'effet le plus spectaculaire est celui des aides au logement. Le taux d'effort des ménages les plus modestes n'a pas diminué alors que l'État dépense une quinzaine de milliards pour aider les locataires.

Nous pensons qu'il faut adopter une stratégie qui permette de sortir de cette terrible engeance et qui repose sur trois principes :

– éviter que les coûts supportés par les plus modestes soient supérieurs à ceux du reste de la population en traitant bien évidemment les coûts des services publics, mais en mettant en place des mesures qui concernent également les produits des entreprises privées ;

– adapter des tarifications liées aux revenus, pour les postes de dépenses qui pèsent proportionnellement le plus dans le budget des plus vulnérables, en évitant les effets de seuil de tarifs sociaux auxquels on ne peut plus prétendre lorsque l'on dépasse, ne serait-ce que d'1 euro, le plafond de revenus ;

– garantir aux plus modestes une prévisibilité de leurs revenus et l'assurance que tout gain du travail ne se traduise pas par des conséquences négatives en chaîne sur les prestations qu'ils perçoivent.

Les problèmes que nous avons décrits sont complexes. Nous ne prétendons pas que les résoudre est simple. Nous avons vu, avec le revenu de solidarité active, combien il était difficile de passer du principe, auquel tout le monde adhère *a priori*, à une réalisation qui réponde bien aux objectifs initiaux. Mais nous savons aussi qu'il y a dans les entreprises, dans les administrations, dans les associations, de très nombreuses personnes prêtes à relever ces défis.

Au-delà de la question morale que posent les conditions de vie des plus modestes, l'aggravation de la pauvreté est une menace pour la cohésion de la société tout entière et pour ses fondements démocratiques. Elle avive des tensions dans l'ensemble de l'espace social. Elle éloigne de la solidarité les plus fortunés, qui croient moins en l'efficacité des systèmes de protection dont ils sont en grande partie financeurs. Elle cultive les plus vives aigreurs dans les classes moyennes, qui se sentent à la fois menacées, oubliées et pénalisées. Elle laisse une frange de la population à l'écart. Elle attise puissamment la tentation des extrêmes.

L'immobilisme et le conservatisme sont des poisons terribles. La société a une propension extraordinaire à s'habituer à ses propres démons. Nous l'avons vu encore récemment. À l'acmé de la crise, chacun semblait convaincu que des changements en profondeur étaient indispensables. Rapidement, les plus lucides constataient que tout repartait comme avant. Un pays riche peut supporter une pauvreté élevée en son sein, jusqu'à un point de rupture, qu'il est impossible de prédire, mais si important de prévenir. Ses signes avant-coureurs en sont le populisme, le pessimisme et l'intolérance.

Explorer de nouvelles voies pour agir sur la pauvreté est donc un impératif qui justifie d'emprunter des chemins escarpés, quitte à s'écarter des balises habituelles.

Annexes

L'Action Tank Entreprise et Pauvreté

Créé en 2010, à l'initiative de la Chaire HEC « Social Business/Entreprise et Pauvreté » comme laboratoire d'expérimentations sociales, l'Action Tank réunit aujourd'hui entreprises, associations et monde académique autour d'un objectif commun : contribuer à la réduction de la pauvreté et de l'exclusion en France.

Expérimenter

En favorisant le développement, par des entreprises, de projets ayant un impact sur la réduction de la pauvreté et de l'exclusion en France :

• des offres de produits et de services adaptés aux populations fragiles (alimentation infantile, téléphonie, santé, mobilité, logement…),

• des démarches de recours à l'insertion par l'activité économique.

L'Action Tank encourage et accompagne le développement de telles expérimentations :

• via un cadre collaboratif qui permet le partage de bonnes pratiques et l'interaction avec des acteurs de terrain (associations ou acteurs publics ou d'autres entreprises engagées dans la même direction),

• via un accompagnement spécifique et l'impulsion d'une dynamique.

Générer et diffuser de la connaissance

En produisant des études et des connaissances théoriques :

• sur la pauvreté et l'exclusion en France,

• sur les leviers en matière de réduction de la pauvreté et de l'exclusion par des initiatives économiques.

L'Action Tank sollicite régulièrement des instituts d'études et des cabinets de conseil sur des études thématiques.

Les expérimentations menées dans le cadre de l'Action Tank font l'objet, en partenariat avec la Chaire HEC, de recherche académique sous forme de publications, de cas pédagogiques, de conférences. Elles peuvent également donner lieu à des stages, missions, mémoires, pour les étudiants de la Chaire.

Le conseil d'administration
de l'Action Tank

Les présidents :
Pr Muhammad Yunus, Prix Nobel de la paix 2006, président d'honneur
Martin Hirsch, président de l'Agence du service civique et ancien haut Commissaire aux solidarités actives et
Emmanuel Faber, directeur général délégué de Danone, coprésidents

Les entreprises :
Schneider Electric, Renault, Bouygues Bâtiment

Les associations :
Croix Rouge française, Habitat et Humanisme

Les personnes physiques :
Saskia Bruysten, fondatrice et directrice du Yunus Social Business (Allemagne)
François Dalens, vice-président du BCG
Jean-Benoît Dujol, sous-directeur de l'accès aux soins, des prestations familiales et des accidents du travail à la Direction de la Sécurité sociale
Éric Léonard, président Essilor Europe

Site internet : www.at-entreprise-pauvrete.org

Remerciements

Merci à Capucine Ruat, qui a suivi avec talent tout le parcours de ce livre. Merci pour son fantastique travail d'édition, sans lequel cet ouvrage ne serait jamais arrivé à son terme, après de nombreux allers et retours pendant tout l'été. Elle sait subtilement doser encouragements, critiques et suggestions pour que le résultat se rapproche le plus possible de l'idée initiale qui justifie de se lancer dans l'écriture d'un livre.

Merci à l'équipe de l'Action Tank Entreprise et Pauvreté et, plus particulièrement : à Emmanuel Faber, avec lequel j'ai le privilège d'en partager la présidence et au Professeur Yunus, qui nous montre la voie ; à Jacques Berger, qui le dirige avec fougue ; à Amélie de Boel et Guillaume Ginebre, qui font avancer les projets ; à l'équipe de la Chaire Social Business d'HEC, en particulier, Frédéric Dalsace, Bénédicte Faivre-Tavignot et Charles-Édouard Vincent ; à Éric Léonard, qui a bien voulu vérifier que ce que j'écrivais sur Optique solidaire reflétait la réalité ; à François Dalens et l'équipe du BCG, qui ont produit des études inédites sur lesquelles appuyer nos travaux. J'espère que ce livre contribuera à mieux faire connaître les programmes que nous menons et à les faire grandir.

Merci à Julien Damon, pour les échanges féconds et, tout particulièrement, pour m'avoir rappelé l'existence de *The Poor Pay More* ; à Karima Delli, pour les bonnes discussions sur la pauvreté et la richesse ; à Hélène Geoffroy, pour des échanges nourris sur le revenu de solidarité active ; à Claire de Mazancourt, pour avoir challengé la logique de mon argumentation au bon moment ; et à Étienne Grass, pour ces judicieuses et amicales remarques, comme toujours.

Merci à Antonio Caldara et Jean-Sébastien Bach de m'avoir accompagné, sans jamais se lasser, dans les moments les plus arides.

Table

DU MÊME AUTEUR

Les Enjeux de la protection sociale
LGDJ Montchrestien, 1994

L'Affolante Histoire de la vache folle
(avec Philippe Baralon et Florence Noiville)
Balland, 1996

Ces peurs qui nous gouvernent
Sécurité sanitaire : faut-il craindre la transparence ?
Albin Michel, 2002

Manifeste contre la pauvreté
[Emmaüs]
(avec Jérôme Cordelier)
Oh ! Éditions, 2004

La Nouvelle Équation sociale
[commission Familles, vulnérabilité, pauvreté]
La Documentation française, 2005

La Pauvreté en héritage
2 millions d'enfants pauvres en France
(avec Sylvaine Villeneuve)
Robert Laffont, 2006

Code des droits contre l'exclusion
(avec Denis Chemla)
Dalloz, 2006

La Chômarde et le haut commissaire
(avec Gwen Rosière)
Oh ! Éditions, 2008

50 droits des ados
(avec Ivana Djordjevic)
Dalloz, 2010

Secrets de fabrication
Chroniques d'une politique expérimentale
Grasset, 2010

Pour en finir avec les conflits d'intérêt
Stock, 2010
et « Pluriel », 2011

Sécu : objectif monde
Le défi universel de la protection sociale
Stock, 2011

L'Abbé Pierre : « Mes amis, au secours ! »
(avec Laurent Desmard)
Gallimard, « Découvertes », 2012

La Lettre perdue
Les racines de l'engagement
Stock, 2012
et « Points », 2014